ALMANACH

DES

PLAISIRS DE PARIS,

POUR L'ANNÉE 1815.

DE L'IMPRIMERIE DE MAME FRÈRES

ALMANACH

DES

PLAISIRS DE PARIS

ET

DES COMMUNES ENVIRONNANTES.

CONTENANT les époques des fêtes citadines et champêtres, et de tous les amusemens qui appellent et réunissent les habitans de la ville et de la campagne dans le courant de l'année; l'indication des jeux, danses et spectacles qui en font l'ornement, avec la désignation des lieux, des routes, des meilleurs traiteurs, et des moyens de transport; divisé en deux parties; savoir : *Plaisirs d'Hiver* et *Plaisirs d'Été.*

Léger d'argent, riche d'honneur,
Fidèle au Roi plus qu'à sa belle,
Du sein des maux ou du bonheur,
Le Français court où le plaisir l'appelle.

A PARIS,

Chez GOUJON, Libraire, rue du Bac, n° 33.

1815.

PRÉFACE.

Encore un almanach, dira-t-on! Oui, messieurs, oui, mesdames, encore un almanach ; mais retenez votre sourire malin, ce n'est point un œuvre futile ; sous une enveloppe légère, il renferme des choses essentielles, indispensables pour toute personne qui se pique de savoir vivre. Voyez d'abord son titre : *Almanach des Plaisirs de Paris*. Quel but d'utilité ! quelle prévoyance salutaire de la part de l'éditeur pour cette nombreuse classe d'individus qui ne demande qu'à s'amuser et à dépenser bien ou mal son argent ! Grâce à lui, l'étranger, le provincial, l'habitant même de Paris apprendront

a.

la manière d'employer leur temps agréablement, et de varier leurs jouissances. Chaque chapitre leur indiquera un lieu ou un établissement fameux, un plaisir piquant, ou un artiste célèbre.

Moins brillant que la plupart des autres almanachs dans lesquels nos poètes et nos chansonniers viennent déposer annuellement les fruits de leur génie, celui-ci n'emprunte que le secours de l'humble prose ; mais il est rempli de vérités utiles, d'indications exactes : sous ce rapport, il l'emporte sur ses rivaux, qui, comme on le sait, ne s'enrichissent et ne vivent que de fictions.

Au tableau succinct, mais fidèle, des plaisirs de la capitale, l'éditeur joint celui des fêtes et réunions champêtres. Il espérait en donner

une nomenclature complète , et ,
pour cet effet, il s'était adressé à messieurs les maires des communes qui
entourent Paris ; mais quelques-uns
d'entre eux seulement se sont prêtés
à faciliter son travail. Ces messieurs,
appréciant l'utilité qui pouvait en
résulter pour leurs administrés, ont
donné des renseignemens plus ou
moins détaillés ; les autres , pressés
probablement par le temps , n'ont
pu répondre à ses instances réité-
rées ; néanmoins il a trouvé le moyen
de remédier à leur silence : rien
d'essentiel n'a été omis dans l'*Almanach des Plaisirs de Paris*. Les
principales fêtes champêtres des
environs y sont décrites avec soin ;
celles d'un ordre inférieur sont in-
diquées plus succinctement , mais
toutes les dates sont exactes , et
suffisent pour remplir le but d'uti-

lité que l'éditeur s'est proposé. On trouvera dans son ouvrage, divisé en *Plaisirs d'Hiver* et *Plaisirs d'Eté*, l'indication des spectacles, bals, établissemens publics, musées, fêtes champêtres, jardins, cafés, restaurans, etc., etc., qui jouissent d'une vogue plus ou moins méritée.

Dans ses jugemens, l'éditeur se flatte d'avoir été l'interprète de la vérité et de la saine partie du public ; aucun motif d'intérêt ou de partialité n'a influencé son opinion sur les individus et sur les choses ; aussi, quel que soit le succès du petit croquis de Paris qu'il offre aux amateurs, il espère qu'on lui pardonnera la médiocrité de son talent en faveur de son exactitude et de sa franchise.

CALENDRIER.

Année 1815.

PRINCIPALES ÉPOQUES.

Année de la période Julienne............ 6530.
— depuis la première Olympiade d'Iphytus. 2589.
— de la fondation de Rome selon Varron.. 2568.
— de l'époque de Nabonassar............ 2562.
L'année 1230 des Turcs commence le 24 décembre
    1814, et finit le 3 décembre 1815, selon l'usage
    de Constantinople.

ÉCLIPSES.

Il y aura cette année deux éclipses de Lune, et une
    de Soleil.
Le 21 juin, éclipse de Lune, invisible à Paris. Commen-
    cement à 4 h. 38 m. du soir. Fin à 7 h. 51 m.
Le 6 juillet, éclipse de Soleil, invisible à Paris. Commen-
    cement à 11 h. 57 m. Conjonction à 0 h. 55 m.
Le 16 décembre, éclipse totale de Lune, invisible à Paris.
    Commencement à 11 h. 20 m. du matin. Fin à 2 h. 47 m.
    du soir.

SAISONS.

PRINTEMPS, 21 mars.	AUTOMNE, 23 septembre.
ÉTÉ, 22 juin.	HIVER, 23 décembre.

FÊTES MOBILES.

Septuagésime, le 22 janvier.	ASCENSION, 4 mai.
Cendres, 8 février.	PENTECÔTE, 14 mai.
PÂQUES, 26 mars.	La Trinité, 21 mai.
Rogations, 1er mai.	Fête-Dieu, 25 mai.

COMPUT ECCLÉSIASTIQUE.

Nombre d'or.	11	Indiction Romaine. .	3
Épacte.	XX	Lettre Dominicale. . .	A
Cycle solaire.	4		

QUATRE-TEMPS.
{
Le 15 février.
Le 17 mai.
Le 20 septembre.
Le 20 décembre.
}

1815. JANVIER. Le Verseau. ≈

Le Soleil entre dans le Verseau le 20, à 30 heures 8 minutes.	Lune	Phases de la Lune.	Lev. du S. h.m.	Cou. du S. h.m.
1 Dim. Circoncision.	21		7 53	4 8
2 lund. s. Basile.	22	☾	7 52	4 8
3 mar. ste. Geneviève.	23	D. Q.	7 52	4 9
4 mer. s. Rigobert.	24	le 2, à	7 51	4 9
5 jeud. s. Siméon styl.	25	3 h. 1'	7 50	4 10
6 vend. Épiphanie.	26	du soir.	7 50	4 10
7 sam. s. Théau.	27		7 49	4 11
8 t. D. s. Lucien.	28		7 48	4 12
9 lund. s. Julien.	29		7 47	4 13
10 mar. s. Paul, Ermite.	30	●	7 47	4 14
11 mer. ste. Hortense.	1	N. L.	7 46	4 15
12 jeud. s. Fréjus.	2	le 10, à	7 45	4 16
13 vend. Baptême de N. S.	3	2 h. 7'	7 44	4 17
14 sam. s. Hilaire.	4	du soir.	7 43	4 18
15 2. D. s. Maur, Abbé.	5		7 42	4 19
16 lund. s. Guillaume.	6		7 41	4 20
17 mar. s. Antoine, Abbé.	7		7 40	4 21
18 mer. Chaire S. Pierre.	8	☽	7 39	4 22
19 jeud. s. Sulpice.	9	P. Q.	7 38	4 23
20 vend. s. Sébastien.	10	le 18, à	7 36	4 25
21 sam. ste. Agnès, V. M.	11	4 h. 12'	7 35	4 26
22 Dim. Septuagésime.	12	du soir.	7 34	4 27
23 lund. s. Ildefonse.	13		7 33	4 28
24 mar. s. Babylas.	14	☺	7 31	4 29
25 mer. Convers. S. Paul.	15	P. L.	7 30	4 31
26 jeud. s. Polycarpe.	16	le 25, à	7 29	4 32
27 vend. s. Jean-Chrysost.	17	6 h. 34'	7 27	4 34
28 sam. s. Charlemagne.	18	du mat.	7 26	4 35
29 Dim. Sexagésime.	19		7 24	4 36
30 lund. ste. Bathilde, V.	20		7 23	4 38
31 mar. s. Pierre Nol.	21		7 22	4 39

FÉVRIER. Les Poissons. ♓

Le Soleil entre dans les Poissons le 18, à 23 heures 16 minutes.	J. de L.	Phases de la Lune.	Lev. du S. h. m.	Cou. du S. h. m.
1 mer. s. Ignace.	22	☾	7 20	4 41
2 jeud. PURIFICATION.	23	D. Q.	7 19	4 42
3 vend. s. Blaise.	24	le 1, à	7 17	4 44
4 sam. s. Philéas.	25	5 h. 11'	7 15	4 45
5 Dim. Quinquagésime.	26	du mat.	7 14	4 47
6 lund. ste. Dorothée.	27		7 12	4 48
7 mar. s. Romuald.	28		7 11	4 50
8 mer. Les Cendres.	1		7 9	4 52
9 jeud. ste. Apolline.	2	●	7 8	4 53
10 vend. Les cinq plaies.	3	N. L.	7 6	4 55
11 sam. s. Severin.	4	le 9, à	7 4	4 56
12 1 D. Quadragésime.	5	11 h. 54	7 3	4 58
13 lund. s. Lésin.	6	du mat.	7 1	5 0
14 mar. s. Bénigne.	7		6 59	5 1
15 mer. Quatre-Temps.	8		6 58	5 3
16 jeud. ste. Julienne.	9		6 56	5 5
17 vend. ste. Marianne.	10	☽	6 54	5 7
18 sam. s. Siméon.	11	P. Q.	6 53	5 9
19 2 D. Reminiscere.	12	le 17, à	6 51	5 10
20 lund. s. Eucher.	13	4 h. 54'	6 49	5 12
21 mar. s. Flavien.	14	du mat.	6 47	5 13
22 mer. Chaire s. P. à Ant.	15		6 46	5 15
23 jeud. s. Merault.	16		6 44	5 17
24 vend. s. Mathias.	17	P. L.	6 42	5 19
25 sam. s. Taraise.	18	le 23, à	6 40	5 20
26 3 D. Oculi.	19	8 h. 25'	6 39	5 22
27 lund. ste. Honorine.	20	du soir.	6 37	5 25
28 mar. s. Romain.	21		6 35	5 26

MARS. Le Bélier. ♈

Le Soleil entre dans le BÉLIER le 20, à 23 heures 33 minutes.

			J. de L.	Phases de la Lune.	Lev. du S. h. m.	Cou. du S. h. m.
1	mer.	s. Aubin.	21	☾	6 33	5 28
2	jeud.	ste. Noflette.	22	D. Q.	6 31	5 30
3	vend.	ste. Cunégonde.	23	le 1, à	6 30	5 31
4	sam.	s. Casimir.	24	10h.18′	6 28	5 33
5	4 D.	*Lœtare.*	25	du soir.	6 26	5 35
6	lun.	s. Godegrand.	26		6 24	5 37
7	mar.	s. Thomas.	27		6 22	5 38
8	mer.	s. Jean de D.	28		6 21	5 40
9	jeud.	ste. Françoise.	29	●	6 19	5 42
10	vend.	s. Doctrovée.	30	N. L.	6 17	5 44
11	sam.	Les 40 Martyrs.	1	le 9, à	6 15	5 46
12	5 D.	*La Passion.*	2	3 h. 30′	6 14	5 47
13	lun.	ste. Euphrasie.	3	du mat.	6 12	5 49
14	mar.	s. Silvain.	4		6 10	5 51
15	mer.	s. Longin.	5		6 8	5 53
16	jeud.	s. Cyriaque.	6	☽	6 6	5 55
17	vend.	La Compassion.	7	P. Q.	6 4	5 57
18	sam.	s. Alexandre.	8	le 16, à	6 2	5 58
19	6 D.	*Rameaux.*	9	11 h.50′	6 1	6 0
20	lun.	s. Joachim.	10	du mat.	5 59	6 2
21	mar.	s. Benoît, abbé.	11		5 57	6 4
22	mer.	s. Paul, évêque.	12		5 56	6 5
23	jeud.	s. Victorien.	13		5 54	6 6
24	vend.	*Vendredi Saint.*	14	☉	5 52	6 9
25	sam.	s. Gabriel.	15	P. L.	5 51	6 10
26	Dim	PASQUES.	16	le 23, à	5 49	6 12
27	lun.	s. Rupert.	17	9 h. 40′	5 47	6 14
28	mar.	s. Gontrand.	18	du soir.	5 45	6 16
29	mer.	s. Eustase.	19		5 44	6 17
30	jeud.	s. Rieul, évêque.	20		5 41	6 20
31	vend.	ste. Balbine.	21		5 40	6 21

b

AVRIL. Le TAUREAU. ♉

Le Soleil entre dans le TAUREAU le 20, à 12 heures 6 minutes.	jours	Phases de la Lune.	Lev. du S. h.m.	Cou. du S. h.m.
1 sam. s. Hugues.	22	☾	5 38	6 23
2 1 D. *Quasimodo.*	23	D. Q.	5 36	6 25
3 lun. *Annonciation.*	24	le 1, à	5 34	6 27
4 mar. s. Ambroise.	25	5 h. 17'	5 32	6 29
5 mer. s. Vincent.	26	du soir.	5 30	6 31
6 jeud. s. Prudent.	27		5 29	6 32
7 vend. s. Egésippe.	28		5 27	6 34
8 sam. s. Gaultier.	29		5 25	6 36
9 2 D. ste. Marie Égypt.	30	●	5 23	6 38
10 lun. s. Macaire	1	N. L.	5 22	6 39
11 mar. s. Léon, pape.	2	le 9, à	5 20	6 41
12 mer. s. Florentin.	3	3 h. 29	5 18	6 43
13 jeud. s. Justin.	4	du soir.	5 16	6 45
14 vend. s. Tiburce.	5		5 15	6 46
15 sam. s. Paterne.	6		5 13	6 48
16 3 D. s. Fructueux.	7	☽	5 11	6 50
17 lun. s. Anicet.	8	P. Q.	5 9	6 52
18 mar. s. Parfait.	9	le 16, à	5 8	6 53
19 mer. s. Elphège.	10	9 h. 30	5 6	6 55
20 jeud. s. Hildegonde.	11	du mat.	5 4	6 57
21 vend. s. Marcellin.	12		5 3	6 58
22 sam. ste. Opportune.	13		5 1	7 0
23 4 D. s. Georges.	14	☉	4 59	7 2
24 lun. ste. Beuve.	15	P. L.	4 58	7 3
25 mar. s. Marc, évêque.	16	le 23, à	4 56	7 5
26 mer. s. Clet, pape.	17	5 h. 31'	4 54	7 7
27 jeud. s. Polycarpe.	18	du soir.	4 52	7 8
28 vend. s. Vital.	19		4 51	7 10
29 sam. s. Robert.	20		4 49	7 12
30 5 D. s. Eutrope.	21		4 48	7 13

MAI. Les Gémeaux. ♊

			Lev. du S.	Cou. du S.
Le Soleil entre dans les Gémeaux le 21, à 12 heures 32 minutes.	de L.	Phases de la Lune.	*h. m.*	*h. m.*

			de L.	Phases de la Lune.	Lev. du S. h. m.	Cou. du S. h. m.
1	lun.	*Rogations.*	22	☽	4 46	7 15
2	mar.	s. Athanase.	23	D. Q.	4 44	7 16
3	mer.	Invent. ste. Croix.	24	le 1, à	4 43	7 18
4	jeud.	ASCENSION.	25	0 h. 27'	4 41	7 20
5	vend.	Conv. de s. Aug.	26	du soir.	4 40	7 21
6	sam.	s. Jean P. Latin.	27		4 38	7 23
7	6 D.	s. Stanislas.	28		4 37	7 24
8	lun.	s. Désiré.	29	●	4 34	7 26
9	mar.	Trans. de s. Nic.	1	N. L.	4 33	7 27
10	mer.	ste. Soulange.	2	le 9, à	4 32	7 28
11	jeud.	s. Mamert.	3	6 h. 30'	4 31	7 30
12	vend.	s. Épiphane.	4	du mat.	4 29	7 31
13	sam.	s. Servais. *V. J.*	5		4 28	7 33
14	Dim.	PENTECOTE.	6	☽	4 26	7 34
15	lun.	s. Isidore.	7	P. Q.	4 25	7 36
16	mar.	s. Honoré.	8	le 17, à	4 24	7 37
17	mer.	*Quatre-Temps.*	9	4 h. 41'	4 23	7 38
18	jeud.	s. Félix.	10	du mat.	4 21	7 39
19	vend.	s. Célestin.	11		4 20	7 41
20	sam.	s. Bernardin.	12		4 19	7 42
21	1 D.	*La Trinité.*	13	☺ P. L.	4 18	7 43
22	lun.	ste. Julie.	14	le 23, à	4 16	7 44
23	mar.	s. Didier.	15	5 h. 5'	4 15	7 45
24	mer.	s. Donatien.	16	du mat.	4 14	7 46
25	jeud.	FÊTE-DIEU.	17		4 13	7 48
26	vend.	s. Phil. de Naz.	18		4 12	7 49
27	sam.	s. Hildevert.	19	☽	4 11	7 50
28	2 D.	s. Germain.	20	D. Q.	4 10	7 51
29	lun.	s. Maximin.	21	le 31, à	4 9	7 52
30	mar.	s. Hubert.	22	6 h. 14'	4 8	7 53
31	mer.	ste. Pétronille.	23	du mat.	4 7	7 53

JUIN. L'ÉCREVISSE. ♋

Le Soleil entre dans l'É- CREVISSE le 21, à 21 heures 9 minutes.			J. de L.	Phases de la Lune.	Lev. du S. h. m.	Cou. du S. h. m.
1	jeud.	Oct. Fête Dieu.	24		4 6	7 54
2	vend.	s. Pothin.	25		4 5	7 55
3	sam.	ste. Clotilde.	26		4 5	7 56
4	3 D.	s. Optat.	27		4 4	7 56
5	lun.	s. Claude.	28		4 3	7 57
6	mar.	s. Norbert.	29	◉	4 2	7 58
7	mer.	s. Mériade.	30	N. L.	4 2	7 59
8	jeud.	s. Médard.	1	le 7, à	4 1	7 59
9	vend.	s. Gildard.	2	4 h. 3'	4 1	8 0
10	sam.	s. Landry.	3	du soir.	4 0	8 0
11	4 D.	s. Barnabé.	4		3 59	8 1
12	lun.	s. Basilide.	5		3 59	8 1
13	mar.	s. Antoine.	6	☽	3 59	8 2
14	mer.	s. Rufin.	7	P. Q.	3 58	8 2
15	jeud.	s. Guy. martyr.	8	le 14, à	3 58	8 2
16	vend.	s. Ferréol.	9	8 h. 2'	3 58	8 3
17	sam.	s. Avit.	10	du mat.	3 57	8 3
18	5 D.	ste. Marine.	11		3 57	8 3
19	lun.	s. Gerv. s. Protet.	12		3 57	8 3
20	mar.	s. Sylvère.	13	☻	3 57	8 3
21	mer.	s. Leufroi.	14	P. L.	3 57	8 3
22	jeud.	s. Paulin.	15	le 21, à	3 57	8 3
23	vend.	s. Lanfranc.	16	6 h. 9'	3 57	8 3
24	sam.	Nativ. de s. J. B.	17	du soir.	3 57	8 3
25	6 D.	Transl. de s. Eloi.	18		3 57	8 3
26	lun.	s. Babolein.	19	☾	3 57	8 3
27	mar.	s. Cresc,	20	D. Q.	3 57	8 3
28	mer.	s. Irénée. vig. j.	21	le 29, à	3 57	8 3
29	jeud.	s. Pierre. s. Paul.	22	9 h. 51'	3 58	8 2
30	vend.	Comm. s. Paul.	23	du soir.	3 58	8 2

JUILLET. Le Lion. ♌

Le Soleil entre dans le LION le 23, à 8 heures o minute.	Lune	Phases de la Lune.	Lev. du S. h. m.	Cou. du S. h. m.
1 sam. s. Martial.	24		3 58	8 2
2 7 D. Visit. Notre-D.	25		3 59	8 1
3 lun. s. Anatole.	26		3 59	8 0
4 mar. Transl. s. Mart.	27		4 0	8 0
5 mer. ste. Zoé, martyr.	28		4 0	7 59
6 jeud. s. Tranquillin.	29	●	4 1	7 59
7 vend. ste. Aubierge.	1	N. L.	4 1	7 59
8 sam. ste. Elisabeth.	2	le 6, à	4 2	7 58
9 8 D. s. Cyrille.	3	11 h. 6'	4 3	7 57
10 lun. 7 Frères Martyrs.	4	du soir.	4 4	7 56
11 mar. Transl. s. Benoit.	5		4 4	7 55
12 mer. s. Gualbert.	6		4 5	7 55
13 jeud. s. Turiaf.	7	☽	4 6	7 54
14 vend. s. Isaac.	8	P. Q.	4 7	7 53
15 sam. s. Henri, emper.	9	le 13, à	4 8	7 52
16 9 D. N. D. du M. C.	10	2 h. 22'	4 9	7 51
17 lun. s. Alexis.	11	du mat.	4 10	7 50
18 mar. s. Clair.	12		4 11	7 49
19 mer. s. Vinc. de Paul.	13		4 12	7 48
20 jeud. ste. Marguerite.	14	☺	4 13	7 47
21 vend. s. Victor.	15	P. L.	4 14	7 46
22 sam. ste. Madeleine.	16	le 21, à	4 15	7 45
23 10 D. s. Apollinaire.	17	10 h.29'	4 16	7 44
24 lun. ste. Christine.	18	du soir.	4 17	7 42
25 mar. s. Jacq. s. Christ.	19		4 18	7 41
26 mer. Transl. s. Marcel.	20		4 21	7 40
27 jeud. s. Georges.	21	☾	4 22	7 39
28 vend. ste. Anne.	22	D. Q.	4 23	7 37
29 sam. ste. Marthe.	23	le 29, à	4 25	7 36
30 11 D. s. Abdon.	24	11 h. 0	4 26	7 35
31 lun. s. Germ. Auxerr.	25	du mat.		7 33

b.

AOUT. La Vierge. ♍

Le Soleil entre dans la Vierge le 23, à 14 heures 25 minutes.		Âge de la L.	Phases de la Lune.	Lev. du S. h. m.	Cou. du S. h. m.
1	mar. ste. Sophie.	26		4 27	7 32
2	mer. s. Etienne.	27		4 28	7 31
3	jeud. Inv. s. Etienne.	28		4 30	7 30
4	vend. s. Dominique.	29		4 31	7 28
5	sam. s. Yon, martyr.	1	⬤	4 32	7 27
6	12 D. Transfig. de N. S.	2	N. L.	4 34	7 25
7	lun. s. Gaëtan.	3	le 5 . à	4 35	7 24
8	mar. s. Justin.	4	7 h. 7′	4 37	7 22
9	mer. s. Romain.	5	du mat.	4 38	7 21
10	jeud. s. Laurent.	6		4 40	7 19
11	vend. Susc. ste. Cour.	7	☽	4 41	7 18
12	sam. ste. Claire.	8	P. Q.	4 43	7 16
13	13 D. s. Hippol.	9	le 11, à	4 45	7 15
14	lun. s. Eusèbe. *V. j.*	10	11 h.24′	4 46	7 13
15	mar. ASSOMPTION.	11	du soir.	4 48	7 11
16	mer. s. Roch.	12		4 49	7 10
17	jeud. s. Mammès.	13		4 51	7 8
18	vend. ste. Hélène.	14		4 53	7 7
19	sam. s. Louis, évêque.	15		4 54	7 5
20	14 D. s. Bernard.	16	☺	4 56	7 3
21	lun. ste. Chantal.	17	P. L.	4 57	7 2
22	mar. s. Symphorien.	18	le 20, à	4 59	7 0
23	mer. s. Sidoine.	19	0 h. 20′	5 1	6 58
24	jeud. s. Barthélemy.	20	du soir.	5 2	6 57
25	vend. S. LOUIS.	21		5 4	6 55
26	sam. s. Zéphirin.	22		5 6	6 53
27	15 D. s. Césaire.	23	☾	5 7	6 52
28	lun. s. Augustin.	24	D. Q.	5 9	6 50
29	mar. s. Médéric.	25	le 27, à	5 11	6 48
30	mer. s. Fiacre.	26	10 h.29′	5 13	6 47
31	jeud. s. Ovide.	27	du soir.	5 14	6 45

SEPTEMBRE. La BALANCE. ♎

Le Soleil entre dans la BALANCE le 23, à 11 heures 1 minute.	J. de L.	Phases de la Lune.	Lev. du S. h. m.	Cou. du S. h. m.
1 vend. s. Leu, s. Gilles.	28		5 17	6 43
2 sam. s. Lazare.	29		5 18	6 41
3 16 D. s. Grégoire, pap.	30	●	5 20	6 39
4 lun. ste. Rosalie.	1	N. L.	5 22	6 37
5 mar. s. Bertin, abbé.	2	le 3, à	5 23	6 36
6 mer. s. Eleuthère.	3	2 h. 17'	5 25	6 34
7 jeud. s. Cloud.	4	du soir.	5 27	6 32
8 vend. NATIVITÉ N. D.	5		5 29	6 30
9 sam. s. Omer, évêque.	6		5 30	6 29
10 17 D. s. Nicolas Tol.	7	☽	5 32	6 27
11 lun. s. Hyacinthe.	8	P. Q.	5 34	6 25
12 mar. s. Raphaël.	9	le 10, à	5 36	6 23
13 mer. s. Maurille.	10	0 h. 9'	5 38	6 21
14 jeud. Exalt. ste. Croix.	11	du soir.	5 39	6 20
15 vend. s. Nicomède.	12		5 41	6 18
16 sam. ste. Euphémie.	13		5 43	6 16
17 18 D. s. Lambert.	14		5 45	6 14
18 lun. s. Jean-Chrysost.	15	☺	5 46	6 13
19 mar. s. Janvier.	16	P. L.	5 48	6 11
20 mer. s. Eustache. 4. T.	17	le 18, à	5 50	6 9
21 jeud. s. Mathieu.	18	4 h. 2'	5 52	6 7
22 vend. s. Maurice.	19	du soir.	5 54	6 6
23 sam. ste. Thècle.	20		5 55	6 4
24 19 D. s. Audoche.	21		5 57	6 2
25 lun. s. Firmin.	22		5 58	6 1
26 mar. s. Cyprien.	23	☾	5 59	6 0
27 mer. s. Côme, s. Dam.	24	D. Q.	6 2	5 57
28 jeud. s. Céran.	25	le 26, à	6 3	5 56
29 vend. s. Michel.	26	8 h. 7'	6 5	5 54
30 sam. s. Jérôme.	27	du mat.	6 7	5 52

OCTOBRE. Le Scorpion. ♏

Le Soleil entre dans le Scorpion le 23, à 19 heures 8 minutes.			Q. de L.	Phases de la Lune.	Lev. du S. h. m.	Cou du S h. m.
1	20 D.	s. Remi, évêque.	28		6 9	5 50
2	lun.	ss. Anges gard.	29	●	6 11	5 48
3	mar.	s. Denis, aréop.	1	N. L.	6 13	5 46
4	mer.	s. François d'A.	2	le 2, à	6 15	5 45
5	jeud.	ste. Aure.	3	10 h.10'	6 16	5 43
6	vend.	s. Bruno.	4	du soir.	6 18	5 41
7	sam.	ste. Julie.	5		6 20	5 39
8	21 D.	ste. Brigide.	6		6 22	5 37
9	lun.	s. Denis, évêque.	7		6 24	5 36
10	mar.	s. Géréon.	8	☽	6 25	5 34
11	mer.	s. Nicaise.	9	P. Q.	6 27	5 32
12	jeud.	s. Donatien.	10	le 10, à	6 29	5 30
13	vend.	s. Géraud.	11	4 h. 54'	6 31	5 28
14	sam.	s. Calixte.	12	du mat.	6 32	5 26
15	22 D.	ste. Thérèse.	13		6 34	5 25
16	lun.	s. Gal.	14		6 36	5 23
17	mar.	s. Cerboney.	15		6 38	5 21
18	mer.	s. Luc, évang.	16	☺	6 39	5 20
19	jeud.	ste. Euranie.	17	P. L.	6 41	5 18
20	vend.	s. Caprais.	18	le 18, à	6 43	5 16
21	sam.	ste. Ursule.	19	8 h. 12'	6 45	5 15
22	23 D.	s. Mellon.	20	du mat.	6 46	5 13
23	lun.	s. Hilarion.	21		6 48	5 11
24	mar.	s. Magloire.	22		6 50	5 9
25	mer.	s. Crépin.	23	☾	6 52	5 8
26	jeud.	s. Evariste.	24	D. Q.	6 53	5 6
27	vend.	s. Frumence.	25	le 25, à	6 55	5 4
28	sam.	s. Simon; s. Jude.	26	4 h. 17'	6 57	5 3
29	24 D.	s. Faron.	27	du soir.	6 58	5 1
30	lun.	s. Lucain.	28		7 0	4 59
31	mar.	s. Quentin.	29		7 1	4 58

NOVEMBRE. Le SAGITTAIRE. ↦

Le Soleil entre dans le SAGITTAIRE le 22, à 15 heures 24 minutes.		J. de L.	Phases de la Lune.	Lev. du S. h. m.	Cou. du S. h. m.
1 mer.	TOUSSAINTS.	1	●	7 3	4 56
2 jeud.	*Les Morts.*	2	N. L.	7 5	4 54
3 vend.	s. Marcel.	3	le 1, à	7 7	4 52
4 sam.	s. Charles.	4	9 h. 42'	7 8	4 51
5 25 D.	ste. Bertille.	5	du mat.	7 10	4 50
6 lun.	s. Léonard.	6		7 11	4 48
7 mar.	s. Florent.	7	☽	7 13	4 47
8 mer.	stes. Reliques.	8	P. Q.	7 14	4 44
9 jeud.	s. Mathurin.	9	le 9, à	7 16	4 43
10 vend.	s. Léon le Grand.	10	0 h. 43'	7 18	4 42
11 sam.	s. Martin.	11	du mat.	7 19	4 40
12 26 D.	s. Vrain.	12		7 21	4 39
13 lun.	s. Gendulfe.	13		7 22	4 37
14 mar.	s. Maclou.	14	☺	7 23	4 36
15 mer.	s. Eugène.	15	P. L.	7 25	4 35
16 jeud.	s. Edme.	16	le 16, à	7 26	4 33
17 vend.	s. Agnan.	17	11 h. 1	7 28	4 32
18 sam.	ste. Aude.	18	du soir.	7 29	4 30
19 27 D.	ste. Elizabeth.	19		7 30	4 29
20 lun.	s. Edmond.	20	☾	7 32	4 28
21 mar.	Présentat. N. D.	21	D. Q.	7 33	4 27
22 mer.	ste. Cécile.	22	le 23, à	7 34	4 25
23 jeud.	s. Clément.	23	11 h. 36'	7 35	4 24
24 vend.	s. Severin, solit.	24	du soir.	7 36	4 23
25 sam.	ste. Catherine.	25		7 38	4 22
26 28 D.	ste. Genev. des A.	26	●	7 39	4 21
27 lun.	s. Vital.	27	N. L.	7 40	4 20
28 mar.	s. Maximin.	28	le 30, à	7 41	4 18
29 mer.	s. Saturnin.	29	11 h. 2	7 42	4 17
30 jeud.	s. André.	30	du soir.	7 43	4 16

DÉCEMBRE. Le CAPRICORNE. ♑

Le Soleil entre dans le CAPRICORNE le 22, à 20 heures 3 minutes.		J. de L.	Phases de la Lune.	Lev. du S. h. m.	Cou. du S. h. m.
1	vend.	s. Eloy.	1		7 45	4 15
2	sam.	s. Franç. Xavier.	2		7 46	4 14
3	1 D.	L'AVENT.	3		7 47	4 13
4	lun.	ste. Barbe.	4		7 47	4 13
5	mar.	s. Sabas.	5		7 48	4 12
6	mer.	s. Nicolas.	6	☽	7 49	4 11
7	jeud.	ste. Fare.	7	P. Q.	7 50	4 10
8	vend.	*Conception.*	8	le 8, à	7 50	4 10
9	sam.	ste. Gorgonie.	9	9 h. 59'	7 51	4 9
10	2 D.	ste. Valère, vierg.	10	du soir.	7 51	4 9
11	lun.	s. Fuscien.	11		7 52	4 8
12	mar.	ste. Constance.	12		7 52	4 8
13	mer.	ste. Luce.	13		7 53	4 7
14	jeud.	st. Nicaise.	14	☺	7 53	4 7
15	vend.	s. Mesmin.	15	P. L.	7 54	4 6
16	sam.	ste. Adelaïde.	16	le 16, à	7 54	4 6
17	3 D.	ste. Olympiade.	17	1 h. 8'	7 54	4 6
18	lun.	s. Némèse.	18	du soir.	7 55	4 5
19	mar.	s. Meuris.	19		7 55	4 5
20	mer.	s. Philog. 4 T.	20		7 55	4 5
21	jeud.	s. Thomas, apôt.	21	☽	7 55	4 5
22	vend.	s. Cheromon.	22	D. Q.	7 55	4 5
23	sam.	ste. Victoire.	23	le 23, à	7 55	4 5
24	4 D.	Vigile-jeune.	24	7 h. 18'	7 55	4 5
25	lun.	NOEL.	25	du mat.	7 55	4 5
26	mar.	*s. Etienne.*	26		7 54	4 6
27	mer.	*s. Jean, évéque.*	27	●	7 54	4 6
28	jeud.	ss. Innocens.	28	N. L.	7 54	4 6
29	vend.	s. Thomas de C.	29	le 30, à	7 54	4 6
30	sam.	ste. Colombe.	30	3 h. 2	7 53	4 7
31	DIM.	s. Sylvestre.	31	du soir.	7 53	4 7

CHRONOLOGIE

DES ROIS DE FRANCE.

	Première Race. MÉROVINGIENS.	Roi l'an	âgé de	rég.	mor âgé de
1	PHARAMOND........	420	....	8	...
2	Clodion, le Chevelu....	428	....	20	...
3	Mérovée.............	448	....	10	...
4	Childeric I............	458	1	24	45
5	Clovis I, le Grand	481	5	30	45
6	Childebert I..........	511	3	47	60
7	Clotaire I, de Soissons..	558	1	3	64
8	Cherebert ou Caribert...	561	2	6	48
9	Chiperic I........,..	567	....	17	...
10	Clotaire II, le Grand...	574	1	44	45
11	Dagobert..........	628	16	10	26
12	Clovis II............	638	5	18	23
13	Clotaire III.........	656	4	14	18
14	Childeric II	670	19	4	23
15	Thierry I............	674	22	17	39
16	Clovis III....	691	9	5	14
17	Childebert II, le Juste..	695	11	16	27
18	Dagobert II...........	711	11	4	15
19	Clotaire IV..........	715	....	1	...
20	Chiperic II ou Daniel...	716	....	4	...
21	Thierry II. de Chelles..	720	....	17	...
	Interrègne de six ans.				
22	Childeric III, l'Idiot....	743		9	18
	2ᵉ *Race.* CARLOVINGIENS.				
23	Pepin, le Bref.........	752	37	16	54

Deuxième Race. CARLOVINGIENS.	Roi l'an	âgé de	reg.	mor âgé de
24 Charlemagne, le Grand..	768	28	46	72
25 Louis I, le Débonnaire..	814	36	26	64
26 Charles I, le Chauve....	840	17	37	53
27 Louis II, le Bègue......	877	31	2	3
28 Louis III et Carloman...	879	....	5	...
29 Charles II, le Gros.....	884	....	4	...
30 Eudes..............	888	30	10	40
31 Charles III, le Simple...	893	....	25	...
32 Raoul, duc de Bourgogne.	9	....	13	...
33 Louis IV, d'Outremer..	936	20	18	33
34 Lothaire	954	28	32	40
35 Louis V, le Fainéant...	986	9	1	28
3e Race. CAPÉTIENS.				
36 Hugues Capet....,....	987	45	10	65
37 Robert, le Pieux.......	996	25	35	60
38 Henri I.	1031	27	29	56
39 Philippe I.	1060	45	48	57
40 Louis VI, le Gros.....	1108	27	29	56
41 Louis VII, le Jeune....	1137	17	43	60
42 Philippe II, Auguste...	1180	15	43	58
43 Louis VIII, Cœur de L..	1223	36	3	39
44 Louis IX, Saint.......	1226	11	44	56
45 Philippe III, le Hardi...	1270	25	15	40
46 Philippe IV, le Bel.....	1285	17	29	46
47 Louis X, Hutin.......	1314	23	2	25
48 Philippe V, le Long....	1316	23	5	28
49 Charles IV, le Bel......	1322	27	6	33
Branche des Valois.				
50 Philippe VI, le Fortuné.	1328	35	22	57
51 Jean, le Bon..........	1350	40	14	54
52 Charles V, le Sage.....	1364	28	16	44
53 Charles VI, le B.-Aimé.	1380	12	42	54
54 Charles VII, le Victor.	1422	10	39	58
55 Louis XI, le Prudent...	1461	38	22	60

	Troisième Race. CAPÉTIENS.	Roi l'an	âgé de	reg.	mor
56	Charles VIII , l'Affable..	1483	13	14	27
57	Louis XII , père du Peup.	1498	36	17	53
58	François I , père des Let.	1515	21	32	53
59	Henri II.............	1547	29	12	41
60	François II...........	1559	16	1	17
61	Charles IX...........	1560	10	14	24
62	Henri III.	1574	23	15	38
	Branche des Bourbons.				
63	Henri IV , le grand......	1589	36	21	57
64	Louis XIII , le Juste....	1610	9	33	42
65	Louis XIV , le Grand...	1643	5	72	77
66	Louis XV , le Bien-Aimé.	1715	5	59	65
67	Louis XVI............	1774	20	19	39
68	Louis XVII...........	1793	9	2	11
	Révolution de 1789 à....	1799	....	....	...
	Consulat de Buonaparte..	1800	....	....	...
	Napoléon I , Empereur..	1804	35	10	...
69	Louis XVIII , le Désiré..	1814	59	....	...

FILIATION

DES ANCÊTRES DU ROI RÉGNANT.

ROBERT , LE FORT , duc et marquis de France , comte d'Anjou , mort en................ 866

Robert , 2e fils , duc de France , couronné roi en 922 , tué en...................... 923

Hugues , le Grand , duc de France........ 956

HUGUES CAPET , roi de France............ 996

Robert , le Dévot , Roi de France........ 1031

Henri I , roi de France , 2e fils.......... 1060

Philippe I, roi de France	1108
Louis, le Gros, roi de France	1137
Louis, le Jeune, roi de France, 2e fils	1180
Philippe-Auguste, roi de France	1223
Louis VIII, roi de France	1226
Saint Louis, roi de France, 2e fils	1270
Robert de France, comte de Clermont, 6e fils	1317
Louis, duc de Bourbon, pair	1341
Jacques de Bourbon, comte de la Marche, pair, 3e fils	1361
Jean de Bourbon, comte de la Marche, pair, 2e fils	1393
Louis de Bourbon, comte de Vendôme, 2e fils	1446
Jean, comte de Vendôme	1478
François, comte de Vendôme	1495
Charles, duc de Vendôme, pair	1537
Antoine, roi de Navarre	1562
HENRI IV, roi de France, 2e fils	1610
Louis XIII, roi de France	1643
Louis XIV, roi de France	1715
Louis de France, dauphin	1711
Louis de France, dauphin	1712
Louis XV, roi de France, 3e fils	1774
Louis de France, 9, Dauphin	1765
Louis XVI, 3e fils, roi de France	1793
Louis XVII, connu sous le nom de dauphin (1)	1795
LOUIS XVIII, roi régnant	

(1) Fils de Louis XVI, n'a point régné. Ce Prince est mort le 8 juin 1795, dans la tour du Temple à Paris, âgé de dix ans.

MAISON DU ROI.

CHAPELLE ET ORATOIRE.

Grand Aumônier de France.

M. DE TALLEYRAND-PÉRIGORD , archevêque de Reims , aux Tuileries , pavillon de Flore , n⁰ˢ 9 et 10.

Confesseur.

M. Durocher , pavillon de Flore , n° 18.

Aumôniers.

M. l'abbé Dubreau , au pavillon de Flore , n°.13.
M. de La Rochefoucault , rue Traversière , n° 21.
M. de Polignac , ancien évêque de Meaux , rue de Sèvres , à l'Abbaye-au-Bois.

Chapelains ordinaires.

M. Godinot , pavillon de Flore , n° 16.
M. Canone , abbé de chambre , pavillon de Flore , n° 17.
M. de Breluque , abbé , rue de Sèvres , n° 19.
M. Feutrier , abbé , rue Servaudoni , n° 28.

Prédicateurs.

M. de Boulogne, évêque de Troyes.
M. de La Fage, chanoine de Versailles.

GRAND-MAITRE

DE LA MAISON DU ROI.

S. A. S. monseigneur le prince de Condé.
M. le duc de Bourbon *en survivance.*

Premiers Gentilshommes.

M. le duc d'Aumont, aux Thuileries.
M. le duc de Fleury, rue Saint - Dominique, n° 32.
M. le duc de Duras, rue de Grenelle, n° 77.
M. le duc de Richelieu, rue

Gentilshommes ordinaires.

M. Daubier, rue du Hazard, hôtel des Pyrénées.
M. Lameroterie, dit Blanchet, gentilhomme d'appartement, rue Royale-Saint-Honoré.
M. le chevalier Goisson, rue Saint - Honoré, n° 340.
M. Foubelle, rue Dauphine, n° 6.

Ecuyers de main.

M. Perclougue.
M. Grand Saint-Vincent.

(xxix)

Premiers Maîtres-d'Hôtel.

M. le comte d'Escars , aux Tuileries.
M. de Montdragon , rue d'Antin , n° 5.
M. d'Hertelon , rue de l'Echiquier , n° 40.

Premier Echanson.

M. Mouillard , officier de gobelet , place du Carousel , n° 12.

Premier Tranchant.

M.

Contrôleurs de la Maison du Roi.

M. de Riegbourg , place du Carousel , n° 12.
M. Belaguet , rue des Bons-Enfants , n° 21.

CHAMBRE DU ROI.

M. le comte de Blacas , ministre de la Maison du Roi , au pavillon de Flore.
M. le comte de Bruges , rue de Bourbon , n° 7.
M. Dubuisson , secrétaire-général , au pavillon de Flore.
M. l'abbé Fleuriel , secrétaire particulier , au pavillon de Flore.

Premiers Valets de Chambre.

M. de Chamilly , rue Caumartin , n° 29. (*Quartier de janvier.*)

M. le barron Thierry de Ville-d'Avray , rue de Provence , n° 12. (*Avril.*)

M. Hue , valet de chambre trésorier , aux Tuileries. (*Juillet.*)

M. Peronnet , rue Neuve des Petits-Champs , n° 41. (*Octobre.*)

M. Beuzelin , secrétaire-payeur de la Maison du Roi , faubourg Poissonnière , n° 33.

Valets de Chambre par quartier.

M. Blossier , rue Neuve Saint-Eustache , n° 11.

M. Boucheman , rue de l'Echelle , n° 13.

M. le chevalier Margoutier , rue d'Enfer Saint-Michel , n° 27.

M. Blanchard , rue de Seine , hôtel de La Rochefoucault.

Valets de Chambre ordinaires.

M. Guiné , aux Tuileries.

M. Gonet , aux Tuileries.

M. Ouvrand.

M. Bonnemant.

M. Duparc.

M. Vanderlinden.

M. Tupigny.

M. Gemeau.

M. Meusnier de Castor.

M. Bailly , rue du Mont-Blanc , n° 41.

M. Lefranc.

Porte-Manteau du Roi.

M. Guibert, rue de l'Université, en face du Dépôt de la Guerre.

M. Lamotte-d'Eroline, rue Saint-André-des-Arts, n° 54.

M. Soulaigre.

M. Bazire.

Huissiers du Cabinet.

M. Lemoine.

M. Pernot, rue Froidmanteau.

Huissiers de la Chambre.

M. de Salency.

M. Blanchard.

M. Michel.

M. Dumoutier.

M. de Glatigny.

M. Gaszé, rue de la Madelaine, n° 6.

M. Ferron.

M. Deville.

M. Pannesot.

Huissiers de l'Antichambre.

M. Luthier.

M. Blossier.

Garçons de la Chambre.

M. Blanchet.

M. Rameau.

M. Gourdin.
M. Filleul.

Tapissiers Valets de Chambre.

M. Capin.
M. Mercier.

Barbier Valet de Chambre.

M. Gourdin.

GARDE-ROBE.

Grand-Maître.

M. le comte de Blacas d'Aulps, rue de Grenelle Saint-Germain, n° 85.

Maîtres de la Garde-Robe.

M. le duc Davaray, rue de Grenelle Saint-Germain, n° 85.
M. le comte d'Escars.

Premiers Valets de Garde-Robe.

M. Dubois.
M. Lemoine.

Officiers particuliers de la Garde-Robe du Roi.

M. Coutant.
M.

Valet de Garde-Robe ordinaire.

M. Marchant.

Valets de Garde-Robe.

M. Rabel.
M. Gros de Saint-Vincent.
M. Lafosse.
M. Ouvrard.

Garçons de Garde-Robe.

M. Lemoine aîné.
M. Lemoine de Nanteuil.
M. Dagès.
M. Ledreux.

FACULTÉ.

Premier Médecin.

M. Lefevre , aux Tuileries , corridor Noir ,
n° 39.

Médecin consultant.

M. Thouvenel , rue du Hazard , n° 8.

Chirurgiens.

M. Distel , pavillon de Flore , n° 24.
M. Le Père Elizée , pavillon de Flore , n° 27.
M. Demours , *oculiste.*

M. Bousquet, *chirurgien-dentiste*, rue de Richelieu, n° 48.

Pharmacien.

M. Metgetz, aux Tuileries, pavillon de Flore,
n° 26.

CÉRÉMONIES.

Grand-Maître.

M. le marquis de Dreux de Brezé, rue Belle-
Chasse, n° 20.

Maître.

M. le marquis de Rochemore, rue des Minimes,
au Marais, n° 14.

Aides des Cérémonies.

M. Urbain de Watronville, rue Thévenot,
n° 21.
M. Alexandre de Saint-Félix, rue de Belle-
Chasse, n° 20.

Introducteurs des Ambassadeurs.

M. Dargainaratz, rue des Saussayes, n° 13.
M. de La Live, rue Neuve des Mathurins,
n° 78.
M. de Remusat, *adjoint-survivancier.*

Roi d'Armes.

M. le chevalier de la Haye.

Hérauts d'Armes.

M. Duverdier, rue Neuve des Mathurins, n° 45.
M. Sallengros, rue de Verneuil, n° 30.
M. Pascal, rue Basse du Rempart, n° 54.
M. Larcher, rue de Richelieu, n° 32.
M. Audran, rue Batave, hôtel de Versailles.

ÉCURIES.

Grand-Ecuyer de France.
M.

Ecuyers.

M. le marquis de Vernon, rue Saint-Dominique, n° 23.
M. le marquis de Cubières, rue Saint-Thomas du Louvre, aux Ecuries.
M. le marquis de Boisseul, rue des deux Portes Saint-Sauveur, n° 15.
M. le marquis de Rivière, aux Ecuries.
M. de Saint-Pol.
M. le marquis de Martel.
M. le vicomte de Saint-Pardoux, rue d'Amboise, n° 1.
M. le marquis de Fresne.

Pages.

M. le marquis de Lageard, rue de Seine, n° 63.
M.

Grand-Maréchal-des-Logis.

M. le marquis de la Suze, rue Saint-Thomas du Louvre, hôtel des Pages.

Maréchaux-des-Logis par quartier.

M. Le Couroyer, rue Saint-Thomas du Louvre.
M.
M. le comte d'Albignac, major, aux Tuileries, pavillon de Flore, n° 15.
M. le vicomte d'Agoût, major, aux Tuileries, pavillon de Flore, n° 14.

Capitaines des Équipages.

M. Weiss, rue Saint-Honoré, n° 388.
M. Schurtter, rue Saint-Honoré, n° 388.

Administration de la Maison du Roi

M. le comte Blacas d'Aulps, ministre secrétaire d'état de la maison du Roi.

Trésorier de la Maison civile.

M. le baron de La Bouillerie.

Secrétaires du Cabinet.

M. Froment, rue Traversière Saint-Honoré, hôtel des Indes
M. le comte Jules Pradel, aux Tuileries.
M. de Couchery, aux Tuileries.

Secrétaires ordinaires.

M. Sequeville, rue de Berry au Marais, n° 4.
M.

Maisons et Bâtimens du Roi.

M. Goulard, administrateur des domaines de la
couronne.
M. le marquis de Champcenetz, gouverneur du
palais des Tuileries, pavillon de Flore, n° 8.
M. le comte de Vaudreuil, gouverneur du châ-
teau du Louvre.
M. le prince de Poix, gouverneur du château de
Versailles.
M. le duc de Serent, gouverneur de Rambouil-
let, rue de Bourbon, n° 69.
M. Rousseau, architecte du Roi, rue de Riche-
lieu, n° 19.
M. Boucheman, concierge du garde-meuble du
château de Versailles.
M. Bozon de Périgord, gouverneur du château
de Saint-Germain.

Menus-Plaisirs du Roi.

M. Desentelles, surintendant.
M. Bellenger, architecte des Menus-Plaisirs, et
dessinateur du cabinet de S. M.
M. Moreau jeune, graveur-dessinateur du ca-
binet du Roi.
M. Isabey, peintre du cabinet du Roi.
M. Dumont, peintre du Roi.

d

M. David , graveur de la chambre et du cabinet du Roi.

M. Antide Janvier, horloger - mécanicien.

M. Lapie , directeur du cabinet topographique de S. M.

M. Barbier , *bibliothécaire*.

M. Martini, surintendant de la musique de la chapelle.

M. Lesueur, directeur.

M. Breton de La Martinière , *sténographe*, rue du Cherche-Midi , n° 23.

MAISON DE S. A. R. MONSIEUR,

FRÈRE DU ROI.

Aumônier.

M. L'ABBÉ DE LATIL , aux Tuileries , pavillon Marsan , n° 91.

Gentilshommes.

M. le vicomte de la Roche - Aymon , gentil-homme - d'honneur , rue Saint - Dominique , n° 30.

M. le duc de Maillé , aux Tuileries , pavillon Marsan , n° 83.

M. Nantouillet, pavillon Marsan, n° 95.

M. Brulard, rue de Bourbon, n° 92.

M. le marquis de Chatenay, rue Saint-Dominique, n° 76.

M. le comte Brachi du Kaila, rue de Varennes, n° 33.

Capitaines des Gardes-du-Corps.

M. le comte François Descars, aux Tuileries, n° 92.

M. le comte de Puiségur, aux Tuileries.

M. Tourneur, major, rue Cérutty. n° 6.

Grand-Maître de la Garde-Robe.

M. le marquis de Tourdonnet, rue Cassette, n° 20.

M. Antoine Basset, *valet-de-chambre d'atours.*

Secrétaires de la Chambre.

M. Chars de Veze.

M. Victor.

Maîtres-d'Hôtel.

M. le comte de Fougières, *premier maître-d'hôtel*, rue Saint-Lazare, n° 88.

M. de Croui.

M. Lane, *chef de la bouche.*

M. Bouillot, *chef de l'office.*

(xl)

Ecuyers.

M. le comte de Polignac (Armand.)
M. Duverne, aux Tuileries, pavillon Marsan, n° 94.
M. de Chenevières, rue de Richelieu, hôtel de Malte.

Aides-de-Camp.

M. le comte de Polignac (Melchior), pavillon Marsan, n° 86.
M. le comte de Polignac (Jules).
M. le comte de Bruges.
M. le duc de Fitz-James, faubourg Saint-Honoré, n° 45.
M. le comte de Bouillé.
M. de Trogoff, rue de Malte, hôtel des Quinze-Vingts.
M. le marquis de Sorans, rue Saint-Dominique, n° 60.
M. le comte de Wall, rue du Mont-Blanc, n° 21.
M. le duc Mathieu de Montmorency, rue Saint-Dominique, n° 33.
M. le chevalier Lasalle, rue de Sèvres, n° 23.
M. du Bourguille, rue Taranne, n° 23.
M. le comte Alexis de Noailles.
M. le marquis de Rivière.

Chancelier.

M. Balainvillers, rue de la Chaise, n° 5.
(M. de Monthyon conserve les honneurs de la charge.)

Surintendant.

M. Verdun, rue Royale Saint-Honoré, n° 12.

Secrétaires des Commandemens.

M. Laurent de Villedeuil.
M. de Montchevreuil.

Intendans des Finances.

M. Cheveru.
M. de Lamadeleine, rue Matignon, faubourg
    Saint-Honoré, n° 12.
M. de La Chenaye.

Trésorier-Général.

M. Drouet de Santerre.

Valets-de-Chambre.

M. de Lugny, premier valet-de-chambre, aux
    Tuileries, pavillon Marsan, n° 80.
M. Bourlet de Vauxelle, pavillon Marsan.
M. de Belleville.
M. Bourlet.

Valets-de-Chambre ordinaires.

M. Nicolay.
M. Mollai.
M. Farelle.
M. Pelard.

Médecin.

M. Guérin, médecin consultant, palais Bourbon.

Graveur.

M. Ponce.

MAISON MILITAIRE DE MONSIEUR.

Les gardes-du-corps de Monsieur forment deux compagnies, qui font le service auprès de *Monsieur*, frère du Roi; de *Madame*, duchesse d'Angoulême; de monseigneur le duc d'Angoulême, et de monseigneur le duc de Berry.

Chaque garde-du-corps a le titre de sous-lieutenant de cavalerie.

L'hôtel des gardes-du-corps de Monsieur est rue de Grenelle Saint-Germain, n° 132.

Commandant de l'Hôtel.

M. le chevalier de Bazillac, porte-étendard dans la seconde compagnie.

ÉTAT-MAJOR.

Major.

M. le Marquis Letourneur.

Commandant d'Escadron.

M. le comte de Rebourguil.

Aide-Major.

M. le marquis de Breuillepont.

Sous-Aide-Major.

M. le marquis de Saint-Mars.

Aumônier.

M. Minet.

Trésorier.

M. Faure.

Chirurgien-Major.

M. Puzin.

Sous-Inspecteur aux revues.

M. le vicomte de Lupé.

PREMIÈRE COMPAGNIE.

Capitaine.

M. le comte François d'Escars.

Lieutenans.

M. le marquis de Vidal , *premier.*
M. le baron de Capdeville , *second.*

Sous-Lieutenans.

M. le vicomte de Gonvello.
M. le comte de Fontenilles.

M. le marquis de Podenas.
M. le chevalier de Gombault.
M. le comte de Chavannes.
M. le baron Monsin de Bernecourt.

Porte-Etendard.

M. le chevalier Dornier.

Fourrier-Major.

M. de la Coindrie.

Fourrier-Adjoint.

M. le chevalier de Combettes.

Premier Maréchal-des-Logis.

M. Pigeot.

SECONDE COMPAGNIE.

Capitaine.

M. le comte de Puységur.

Lieutenans.

M. le baron de Gauville , *premier*.
M. . . . . . *second*.

Sous-Lieutenans.

M. le comte de Marguerige.
M. le marquis de Chambon.

M. le marquis de Preissac.
M. le comte de Barbantane.
M. le comte d'Haultpoul.
M. le baron d'Oberlin.

Porte-Etendard.

M. le chevalier de Bazillac.

Fourrier-Major.

M. de Saint-Seine.

Fourrier-Adjoint.

M.

Premier Maréchal-des-Logis.

M. de Saint-Vidal.

MAISON DE S. A. R. MONSEIGNEUR LE DUC D'ANGOULÊME.

Gentilshommes.

M. LE COMTE DAMAS (Etienne), premier gentilhomme, rue de Bourgogne, n° 32.
M.

Capitaines et Aides-de-Camp.

M. Descars fils , capitaine , pavillon Marsan ,
n° 93.
M. Guiche fils , aux Tuileries.

Premiers Valets de Chambre.

M. Cleryamet , aux Tuileries , n° 28.
M. Turgy , aux Tuileries , n° 66.

Valets de Chambre.

M. Gouvernat , aux Tuileries , n° 67.
M.

Ecuyers.

M. de Damas-Crux , premier écuyer.
M.

Huissier de la Chambre.

M. Marchant.

MAISON DE S. A. R. MADAME LA DUCHESSE D'ANGOULÊME.

Aumônier.

M. Lafare , évêque de Nanci.

Confesseur.

M. l'abbé Dubreau.

Dame d'honneur.

Madame la duchesse de Serent, aux Tuileries.

Premier Écuyer.

M. le vicomte d'Agoût.

Dames de compagnie.

Madame de Choisy, aux Tuileries.
Madame la comtesse de Damas, aux Tuileries.

Dames du Palais.

Madame la duchesse de Duras.
Madame la comtesse de Blacas.

Secrétaire.

M. Charlet, aux Tuileries, n° 64.

Femmes de Chambre.

Madame Freminville, *première femme de chambre*, rue Charlot, n° 47.
Madame Colignon.
Madame Gouvernel.
Madame Mauchard.
Madame Gonet.

Madame Hué.
Madame Blanchard.

Médecins.

M.
M. Bousquet , *chirurgien-dentiste.*

MAISON DE S. A. R. MONSEIGNEUR LE DUC DE BERRY.

Aumônier.

M. ALARIC, rue Saint-Dominique, n° 24.

Gentilshommes.

M. le comte de Laferronnays , aux Tuileries , pavillon Marsan , n° 97.

M. Menard , aux Tuileries , pavillon Marsan , n° 97.

M. de Fontanes , secrétaire du colonel-général des chasseurs et lanciers.

Premier Ecuyer.

M. le comte de Nantouillet.

Aides-de-Camp.

M. le comte de Clermont , premier aide-de-camp, pavillon Marsan, n° 100.

M. le comte de Chambrun , rue de l'Université ,
n° 23.

M. le comte de Mailly.

M. le comte de Menars.

M. Rohan-Chabot , rue de la Ville-l'Evêque ,
n° 12.

Valets de Chambre.

M. Delleville , premier valet de chambre , pavillon Marsan , n° 80.

M. Jacob.

Valets de Chambre ordinaires.

M. Sauton.

M. Amsellac.

M. Fallo.

Huissiers de la Chambre.

M. Gory , rue de la Poste-aux-Chevaux , n° 5.

M. Masson , aux Tuileries.

M. Henry , aux Tuileries.

MAISON DE S. A. S. MONSEIGNEUR
LE DUC D'ORLÉANS.

Aumônier.

M.

Gentilshommes.

M. le comte de Montmorenci.

M.

e

Grand-Ecuyer.

M. le vicomte Chabot, rue Miroménil, n° 29.

MAISON DE S. A. S. MONSEIGNEUR LE PRINCE DE CONDÉ.

(L. J. de Bourbon.)

Aumônier.

M. l'abbé HÉBERT.

Gentilshommes.

M. le comte Baschi du Cayla, premier gentil-
homme.
M. le chevalier de Contye, gouverneur de Chan-
tilly.
M. le comte Choiseuil-Meuse.
M. le comte Combault d'Auteuil.
M. le chevalier de Saint-Cloud.
M. le comté d'Eguillier.

Conseil particulier de Son Altesse.

M. de La Porte-Lalanne, *chef.*
M. Bellart, avocat à la cour royale.
M. Vautrain, avocat.

Ecuyers.

M. le comte de Vidame de Vassé, premier
écuyer
M. Banse, sous-écuyer.

Aide-de-Camp.

M. Tésané.

Secrétaires des Commandemens.

M. Agasse, pour le grand-maître de la maison du Roi, rue Saint - Germain - l'Auxerrois, n° 24.

M. le chevalier Febvrel, pour la partie militaire.

Intendant-Général.

M. Rolin de Mainville.

Contrôleur-Général des Finances.

M. Le Jeune.

Trésorier-Général.

M. Cayeux.

Gouverneur des Pages.

M.

M. Streicher, sous-gouverneur.

Médecin.

M. Guérin.

Chirurgiens.

M. Philibert.

M. de La Croix, chirurgien honoraire, palais Bourbon, et Hôtel-Dieu de Paris.

MAISON DE S. A. S. MONSEIGNEUR LE DUC DE BOURBON.

Aumônier.

M.

Gentilshommes.

M. le comte de Rully, premier gentilhomme.
M. le comte du Quenois.

Aide-de-Camp.

M. George de Tournay, rue de Chartres, hôtel des Quinze-Vingts.

Intendant-Général.

M. Robin.

Secrétaire des Commandemens.

M. le chevalier Jacques.

Médecin.

M. Philibert.
M. le docteur Raiffer, *chirurgien-médecin*, rue de Bourgogne, n° 40.

ALMANACH

DES

PLAISIRS DE PARIS

ET

DES COMMUNES ENVIRONNANTES,

POUR L'ANNÉE 1815.

~~~~~~

PLAISIRS D'HIVER.

SPECTACLES.

PARMI les plaisirs qui tiennent le premier rang, on doit, sans contredit, citer les spectacles : c'est là que nos jolies femmes, nos élégans viennent étaler leurs grâces

1

et leurs parures. Autant il est de mauvais
ton de fréquenter les théâtres le dimanche, jour exclusivement réservé à la classe
plébéienne, ou tout au plus à la bourgeoi-
sie, autant il est de rigueur de se montrer
aux Français le lundi, le mercredi au théâtre Faydeau, le vendredi à l'Opéra, et le
samedi aux Bouffes. Si quelque spectacle
extraordinaire, fait pour exciter l'attention publique, intervertit cet arrange-
ment adopté par la bonne compagnie,
c'est sans conséquence ; une fois la curiosité satisfaite, chacun reprend ses ha-
bitudes, et va bâiller périodiquement à la
quarantième représentation de tel opéra
monotone, ou de tel drame ennuyeux,
parce que l'usage l'ordonne ainsi.

Pour l'instruction de mes lecteurs, je
vais faire passer sous leurs yeux le tableau rapide, mais exact, de tous les
spectacles qu'offre cette immense capitale. Qu'ils ne croient point que cette
énumération se borne aux spectacles dra-
matiques ; il en est tant d'autres faits
pour exciter la curiosité de l'étranger,
du voyageur et de l'observateur philosophe, qu'on ne me blâmera sûrement

pas de les compter au nombre des plaisirs de Paris.

Je commence par l'Opéra, ou Académie royale de Musique, spectacle

> Où les beaux vers, la danse, la musique,
> De cent plaisirs font un plaisir unique

et dont la réputation s'étend jusqu'aux climats les plus lointains (1).

THÉÂTRE DE L'OPÉRA,

rue de Richelieu.

CE théâtre, le premier de l'Europe pour la beauté et la richesse des costumes, la perfection de la danse, le nombre et le talent individuel des musiciens, laisse beaucoup à désirer du côté de l'exécution dramatique. Il est vrai que la froideur et le peu d'intérêt des opéras

---

(1) Un officier de Cosaques m'a avoué qu'il brûloit de venir à Paris, non pour voir nos belles, ni nos musées, ni même nos restaurans, mais pour connaître le Palais-Royal et l'Opéra.

modernes donnent rarement aux acteurs
l'occasion de développer un véritable talent. Il faut en excepter cependant la
Vestale de M. de Jouy, qui, depuis plusieurs années, attire constamment les
suffrages du public, et fournit à madame
Branchu, et à MM. Lays et Nourrit les
moyens de déployer leurs belles voix et
leur excellente méthode.

Les dépenses et le temps nécessaires
pour monter un grand opéra sont cause
qu'on donne très-rarement des pièces
nouvelles à l'Académie royale de Musique; mais on peut s'en consoler avec les
chefs-d'œuvres de Gluck, de Sacchini et
de Piccini. D'ailleurs les jolis ballets de
M. Gardel, sans lesquels il est reconnu
que, la plupart du temps, l'Opéra ne
serait qu'une vaste solitude, dédomma-
gent amplement ceux à qui les yeux pro-
curent des sensations encore plus vives
que les oreilles.

On serait tenté de croire que la majorité des spectateurs se range dans cette
classe; car nos beaux messieurs et nos
petites-maîtresses ne prêtent guère leur
attention au spectacle que lorsque les

danses commencent. Il en est même qui attendent ce moment pour paraître dans leurs loges. On sait depuis long-temps combien une jolie femme, dans l'éclat de sa parure, éprouve de jouissances lorsqu'une porte ouverte avec fracas force l'assemblée à tourner les yeux de son côté. Les murmures flatteurs des hommes, les chuchoteries des femmes, flattent délicieusement son amour-propre; aussi il est rare qu'elle ne brave, au moins une fois par semaine, quelques heures d'un récitatif mortellement ennuyeux, pour se procurer cette satisfaction si douce!

L'Opéra, quoique consacré à un genre très-difficile, si l'on considère les moyens qu'il exige dans les chanteurs et cantatrices, est néanmoins celui de Paris qui offre le plus d'ensemble. Lorsqu'on voit dans la même pièce Lays, Derivis, Nourrit, Lavigne, mesdames Branchu, Albert, Himm; et dans la danse, Vestris, Gayon, Beaupré, Branchu, Albert, Anatole, mesdames Gardel, Bigotini et Gosselin, il est impossible de ne pas admirer cette réunion de talens. On peut en dire autant de l'orchestre, qui renferme des professeurs du premier mérite.

Ce théâtre, qui a fait l'année dernière une perte difficile à réparer dans la personne de M. Morel, fécond auteur de Panurge, de la Caravane, etc., etc., n'est ouvert au public que trois fois par semaine, le dimanche, le mardi et le vendredi. J'ai dit plus haut que c'était le jour par excellence ; mais le spectacle du dimanche attire aussi beaucoup de spectateurs.

Le prix le plus élevé des places est de. . . . . 10 f.

Les moins chères sont de   3   60 c.

On sait quelle était autrefois la réputation des nymphes de l'Opéra : je ne puis dire si elles se sont attachées à la conserver ; mais les amateurs ont remarqué avec peine que la plupart de ces divinités épaississaient considérablement, ou acquéraient, à force de faire des gambades, une tournure par trop svelte et trop aérienne. A l'exception d'un très-petit nombre, elles sont loin d'égaler le faste et la dépense des Duthé et des

Guimard : il est possible cependant que
le Pactole coule bientôt pour elles : il
suffit pour cela que la Tamise roule ses
ondes jusque sur les bords de la Seine.

THEATRE FRANÇAIS,

rue de Richelieu.

CE théâtre , dépositaire des chefs-
d'œuvres de nos grands maîtres , et fréquenté habituellement par tout ce que
Paris renferme de plus distingué et de
plus spirituel, obtiendrait sans difficulté
la préférence sur tous les autres, si messieurs les comédiens voulaient varier un
peu plus leur répertoire, donner de temps
en temps quelques nouveautés, et ne con-
fier les premiers rôles qu'à l'élite d'entre
eux; mais la paresse , la cupidité , et surtout la routine , fléau de presque toutes les
administrations , s'opposent à ce que ce
vœu , souvent manifesté par le public, soit
rempli.

On est donc réduit là , plus que partout ailleurs, à voir jouer sept à huit

fois la même pièce dans le courant du mois. L'étranger et le provincial n'y sont pris qu'autant qu'ils le veulent bien ; avec leur argent à la main , ils peuvent choisir le spectacle qui réunit dans la tragédie Talma , Saint - Prix , Lafond , Damas , mesdemoiselles Raucourt , Duchesnois , Georges , Dupuis ; et dans la comédie , Fleury , Saint-Phal , Michot , Baptiste cadet , Thénard , Cartigny , mesdemoiselles Leverd , Bourgoin , Demerson. Mais le propriétaire d'une loge , l'abonné , n'ont pas cette ressource : aussi , combien de tirades répétées dans le désert, et de scènes qui devraient être pathétiques , jouées devant des spectateurs glacés ou endormis !

La cabale , exilée pendant quelque temps de ce théâtre , chercha de nouveau à y faire sentir sa funeste influence lors des débuts de mademoiselle Petit ; mais le public, se plaisant à encourager le talent assez peu commun de cette jeune personne , l'a vengée par les applaudissemens des sourdes attaques de l'intrigue.

En effet , pourquoi souffrir qu'on éloigne de la scène des débutans qui donnent des espérances fondées, et se condamner à entendre éternellement des acteurs froids, maniérés et ennuyeux, qui n'ont pour toute recommandation qu'un misérable droit d'ancienneté?

Je n'ai vu qu'une partie des grands talens qui illustraient autrefois la comédie française, et j'étais fort jeune alors, mais pas assez pour avoir oublié l'impression qu'ils produisaient sur moi. Comment se fait-il qu'aujourd'hui tout le monde s'accorde à blâmer le genre monotone adopté par la plupart des acteurs de ce théâtre, et qu'aucun d'eux ne se corrige? Les comédiens doivent-ils chercher à plaire au public, ou le public former son goût sur celui des comédiens? Cette question me semble facile à résoudre : en attendant qu'on y réponde, je fais des vœux pour qu'on ne traite pas les partisans des Lekain, des Préville, des Molé, de vieux radoteurs, ainsi qu'on le disait, il n'y a pas long-temps des admirateurs de Turenne, de Luxembourg et de Catinat.

Je souhaite encore que l'on donne au moins douze pièces nouvelles par an, dussent-elles être sifflées, et qu'elles nous offrent une réunion de jolis minois et de talens choisis, comme ceux des Olivier, des Lange, et des Contat.

Le théâtre Français est ouvert tous les jours.

Les premières places sont de 6 f. 60 c.
Les dernières de. 1 80

———

THÉATRE DE L'OPÉRA-COMIQUE,

Rue Faydeau.

Si des cantatrices d'un talent distingué, un excellent orchestre, et une salle bien située, suffisaient pour attirer la foule, ce théâtre serait un des plus fréquentés de la capitale ; malheureusement il faut encore des acteurs qui aient un jeu animé, et des pièces amusantes. Tel qu'il est cependant, il réunit une société choisie toutes les fois qu'elle peut y applaudir le chant facile et l'excellente méthode de Martin, la voix pure et mélodieuse de mesdames Duret, Regnault et Boulanger ; la finesse de madame Gavaudan, la rondeur de Chenard, les charges plaisantes de Juliet et la naïveté de Lesage. Je serais injuste d'oublier Gavaudan, qui, après avoir partagé les triomphes d'Elleviou dans les rôles brillans de fats et de militaires, montre aujourd'hui un nouveau talent dans les emplois du haut comique. Cet acteur est le seul de ce théâtre qui ait su de tout temps porter l'habit habillé; et l'on ne peut douter qu'avec deux pouces de plus, il n'eût figuré très-honorablement aux Français.

L'opéra de Joconde, qui ne balance pas encore le succès de la merveilleuse Cendrillon, quoiqu'il lui soit infiniment supérieur, a procuré d'excellentes recettes au théâtre Faydeau pendant la dernière partie de l'année qui vient de s'écouler; mais c'est la seule pièce dont il ait à s'enorgueillir depuis long-temps.

La Bataille d'Ivri, après avoir eu quelques représentations, a disparu de dessus l'affiche. Les Héritiers Michau, honorés de la présence de la famille royale, ont eu une existence plus longue; mais ces deux ouvrages, malgré le

mérite de l'à-propos et des intentions qui
les avaient inspirés, ne pouvaient combler le déficit sans cesse renaissant de la
caisse. L'hiver, qui détruit les fleurs des
champs, et fait naître celles de l'esprit,
nous procurera sans doute quelques nouveautés ; espérons qu'elles soutiendront
la concurrence avec les farces grivoises
du théâtre voisin, que les roulades de
Martin l'emporteront sur les lazzis de
Brunet, et qu'un nouveau *Roi d'Ara-*
gon ne sera pas obligé de baisser le pavillon devant le *Prince Mirliflor.*

L'administration de ce théâtre, pour
diminuer l'apparence de solitude qu'il
offre souvent aux étrangers pendant les
chaleurs de l'été, accorde des entrées gra-
tiutes à un certain nombre de jolies femmes, aussi remarquables par l'élégance
de leur toilette que par la douceur de
leurs manières; mais, à l'approche de la
mauvaise saison, cette faveur leur est retirée, et ces dames n'ont le droit de nous
charmer qu'en payant leur billet à la porte.

Les places les plus chères sont, comme
au théâtre Français, de. . . 6 f. 60 c.
Les moindres de. 1   65

THÉATRE DE L'ODÉON,

Faubourg Saint-Germain.

L'ODÉON, relégué au-delà des ponts, a sans cesse à lutter contre deux obstacles bien grands qui s'opposent à sa prospérité, la paresse des Parisiens, et le genre qu'il a adopté. Réduit à ne jouer que les pièces dont le théâtre Français ne veut pas, ou des drames informes, il ne peut contenter ni le petit nombre des amateurs de la bonne comédie, ni la masse du public, qui a de la peine à se passer de chants, de danses et de coups de théâtre. Pendant long-temps les comédies gaies et spirituelles de Picard ont été un remède à sa maladie de langueur; mais tout s'use, même le goût du bon. Nous en avons journellement la preuve par l'abandon où on laisse les chefs-d'œuvres de Molière et de Regnard. Il ne faut donc pas s'étonner si l'Odéon n'attire une chambrée à peu près complète que les jours de première représentation.

2

Cependant la troupe des acteurs offre un ensemble assez satisfaisant. Clauzel a une réputation justement méritée, ainsi que Perroud, Armand, Chazel, mesdemoiselles Délia, Fleury et madame Molière.

Si les auteurs qui travaillent habituellement pour ce théâtre éprouvaient des inspirations un peu plus comiques que celles dont nous sommes témoins depuis quelques années, il n'y a point de doute qu'ils ne fussent bien secondés par les artistes que je viens de nommer. Jusqu'à ce que cette révolution s'opère dans leur cerveau, l'Odéon ne pourra guère compter que sur les visites d'un petit nombre de pèlerins, et par conséquent sur des offrandes assez légères.

La salle, quoique moins bien distribuée intérieurement qu'avant la révolution, est encore la plus belle et la plus commode de Paris. Les dehors en sont superbes, et font regretter qu'elle ne soit pas située dans un quartier plus fréquenté.

Les premières places sont de 6 f.
Les dernières de 1

—

OPÉRA-BUFFA,

Au théâtre de l'Odéon.

Les acteurs de l'Opéra Buffa, qui jouent alternativement avec ceux de l'Odéon, sont, je le dis à regret, dans une position absolument contraire. Chez eux , on ne peut se plaindre de la disette des bons ouvrages, mais on critique avec raison la manière dont ils sont exécutés. Depuis la perte de madame Barilli, ce théâtre, qui était fréquenté par une société nombreuse et choisie, a vu disparaître peu à peu les amateurs les plus passionnés de la méthode italienne. Il est probable que le changement qui s'est opéré dans la circonscription de la France , en faisant rentrer dans leur patrie un grand nombre d'Italiens, privera ce théâtre de ses spectateurs les plus assidus.

Le goût de la musique italienne s'est beaucoup propagé en France depuis quelques années ; mais l'habitude que les Français ont acquise de parler la langue des Paesiello et des Cimarosa, les a rendus très-difficiles sur les canevas italiens, toutes les fois que la musique n'en est pas parfaitement exécutée. De là leur peu d'empressement pour un spectacle que chacun s'accorde à vanter, mais à peu près par tradition, et sans se soucier de vérifier si les éloges sont mérités.

L'Opéra-Buffa a lieu le lundi, le mercredi et le samedi.

Le prix des places est le même que les autres jours.

———

THÉATRE DU VAUDEVILLE,

Rue de Chartres.

Le Vaudeville, le premier des petits théâtres, est presque toujours plein. Quel est le motif de cette affluence ? Faut-il en faire honneur à l'élégance, à la commodité de la salle, au talent des auteurs, au jeu des actrices ? Pas précisément ; mais en disant que sa situation topographique est admirable ; que ses nombreux fournisseurs, à défaut de goût et de na-

turel, sont passablement pourvus d'esprit,
et surtout de pointes grivoises; que les
acteurs ont beaucoup d'affidés au parterre, et les actrices, la plupart jolies,
un grand nombre d'amis dans les loges,
le phénomène est expliqué. Il serait injuste cependant de ne pas attribuer une
partie de ses succès au talent aussi-bien
qu'à la beauté de mesdames Hervé et
Rivière. La première a sur sa rivale l'a-
vantage d'une longue expérience, d'une
grande habitude de la scène; elle y joint
des grâces naturelles et beaucoup d'intelligence; mais mademoiselle Rivière,
qui possède une voix agréable, lorsqu'elle
ne la force point, un jeu énergique, et
des yeux de conquête, est encore à son
printemps; et c'est un grand mérite,
surtout dans ce temps où la plupart des
théâtres n'ont à offrir aux amateurs que
des talens un peu surannés. Je vanterai
aussi le jeu spirituel de mademoiselle Mi-
nette; les autres actrices sont si froides
ou si maniérées, que j'éviterai d'en parler, de peur de blesser leur amour-propre. Je garderai, pour de bonnes raisons,
le même silence sur les acteurs, à l'excep-

2.

tion de Saint-Léger, Hippolyte et Isambert, dont la jolie voix fait excuser le défaut de chaleur. Joly plaît au public, et c'est avec raison ; mais tous les rôles ne lui conviennent pas. Il doit se défier du succès des charges, ainsi que Henri et mademoiselle Desmares, de la manie *des grands airs* (sous les deux acceptions).

L'administration de ce théâtre, composée d'hommes d'esprit, ne s'aveugle point sur le mérite des pièces qu'elle reçoit ; mais elle a calculé qu'elle ne pouvait suppléer à la qualité que par la quantité ; de là vient le grand nombre de chutes et de demi-succès dont le public se plaint.

On convient assez généralement qu'il est difficile d'y remédier ; mais si l'on n'améliore pas le répertoire, ne pourrait-on du moins renouveler une partie de la troupe, et surtout ces éternelles figurantes, dont la voix et les appas sont

« Le fléau de l'oreille et l'effroi des amours? »

Le Vaudeville joue tous les jours.

Prix des premières places . 5 f.

Paradis . . . . 1 25 c.

THÉATRE DES VARIÉTÉS,

Boulevard Montmartre.

NOMMER Potier, Brunet, Tiercelin, Gavaudan, mesdemoiselles Pauline et Sainte-Aldegonde, c'est indiquer les plus beaux titres de gloire et les plus abondantes sources de recettes de ce théâtre. Avec ces artistes, aimés du public, il n'est point de mauvaises pièces ; aussi beaucoup d'auteurs qui travaillaient pour le théâtre de la rue de Chartres ont - ils fini par s'attacher exclusivement à celui des Variétés. Ils sont certains que les défauts de leurs ouvrages y seront dissimulés par le jeu plaisant des acteurs, et que les lazzis qui en font le plus grand mérite acquerront encore plus de prix par la manière dont ils sont assaisonnés.

Mademoiselle Cuisot a joui long-temps d'une grande vogue à ce théâtre ; la fraîcheur de sa voix y contribuait pour beaucoup ; mais il paraît que son jeu, trop cavalier sous le costume de femme, et trop

maniéré sous l'habit d'homme, qu'elle
s'obstine à endosser malgré le vœu de la
nature, lui a fait perdre un grand nombre
de ses partisans. On ne peut disconvenir
cependant qu'elle ne soit bien placée dans
quelques rôles, ainsi que madame Men-
gozzi ; quant à madame Barroyer, tout
en lui accordant du talent dans le genre
poissard, on doit regretter que la qualité de sa voix soit un peu trop d'accord
avec ses rôles, et que sa figure ne les
fasse pas valoir. On pourrait en dire autant, en passant, de certaines princesses
des grands théâtres ; mais là, du moins,
l'éloignement de la scène et la richesse
des costumes produisent quelque illusion,
tandis qu'aux Variétés, la nature est, pour
ainsi dire, *prise sur le fait.*

Le genre de comique que l'on trouve
à ce spectacle ne plaît pas à tout le monde ;
et il faut convenir que ce n'est ni celui
de Molière, ni celui de Regnard ; mais
le public s'en contente, et, en peu d'années, il a fait la fortune des administra-
teurs.

Outre la grosse gaieté qu'on y rencontre, il offre encore un puissant attrait

aux militaires et aux étrangers; c'est un
grand nombre de beautés peu cruelles,
dont la conversation est d'autant plus
vive et plus piquante, que leur mémoire
se meuble journellement des pointes et
des calembourgs qu'elles entendent répé-
ter sur la scène.

Les premières places sont de 5 f.
Les dernières de 1   25 c.

THÉATRE DE LA GAITÉ,

Boulevard du Temple.

LE mélodrame jouit d'une si grande
faveur depuis plusieurs années, que ce
théâtre aurait peut-être dû, ainsi que
son voisin, être cité avant tous les autres;
mais un reste de bienséance m'en a empêché. J'en demande pardon aux amateurs du genre; et pour faire ma paix
avec eux, je dirai que rien n'est plus
touchant, plus comique, plus amusant,
plus pathétique, que les pièces enfan-
tées par MM. Caignez, Pixerecourt,

Varez, etc. etc., et représentées par MM. Tautin, Marty, La Fargue, Duménis, et mesdames Bourgeois, Hugens et Dumouchel, l'élite de ce théâtre.

Je me garderai bien d'oublier les ballets, ainsi que les danseurs et danseuses, parmi lesquels on remarque MM. Renauzi et Hoguet, et mesdemoiselles Soissons, Cheza, Aurore et Le Gros.

J'ajouterai qu'en maintes circonstances, la musique cause un effet prodigieux. Il est rare, par exemple, lorsqu'un aveugle, faute d'un guide, va se précipiter du haut d'un rocher, ou quand un tyran se dispose à poignarder traîtreusement sa victime, qu'un coup d'archet, bien appuyé, ne fasse pas tressaillir le parterre et les loges, surtout s'il est accompagné du son aigu du cor, ou du tintement funèbre de la cloche.

Les coups de théâtre pathétiques employés dans le mélodrame n'en excluent point le genre bouffon; et c'est cet heureux mélange, ce passage continuel du grave au doux, du plaisant au sévère, qui fait que les spectacles du Boulevard sont pour le peuple, et même une partie du

beau monde, les spectacles par excel-
lences. Les premières représentations surtout attirent un grand nombre d'élégantes, qui, tout en disant *que c'est dé-
testable*, s'amusent beaucoup des fureurs
du tyran, des poltronneries du niais et
de la danse des nains, ou de celle des
bossus.

On n'a point encore oublié à ce théâtre
le Chien de Montargis : sans pouvoir indiquer quel sera l'animal à la mode cette
année, je parie que les acteurs bipèdes
et quadrupèdes feront bien leur devoir,
et que la foule des curieux ne se lassera
point d'aller les applaudir.

Premières , ... 3 fr. 60 c.
Paradis. . . . , . . .   75

THÉATRE DE L'AMBIGU-COMIQUE,

Boulevard du Temple.

QUOIQUE l'on ne rie pas toujours à
l'Ambigu-Comique, ce théâtre, digne
émule de son voisin, dont il partage le

genre, ne cesse d'attirer la foule. Souvent, même dans la belle saison, on n'acquiert le droit d'y étouffer qu'en sacrifiant à la porte quelques heures de son temps, son chapeau ou un pan de son habit : il est vrai que les colporteurs contribuent un peu à cet encombrement, en achetant d'avance tous les billets qu'ils revendent chèrement ; mais on sait que ce petit commerce, exercé aussi aux grands théâtres, n'est nuisible qu'au public, et en conséquence on ferme les yeux sur les abus qu'il fait naître.

Ce théâtre, ainsi que la Gaîté, doit sa vogue aux productions bien combinées de MM. Caignez et Pixerecourt. Beaucoup d'auteurs, parmi lesquels l'on compte des dames, ont cherché à partager avec eux le sceptre du mélodrame ; mais jusqu'à présent aucun de ces concurrens n'a pu ravir au premier le titre de *Racine du Boulevard*, dont le dernier passe pour être *le Corneille*.

Les artistes les plus renommés de l'Ambigu sont, MM. Defrène, Grevin, Raffile, Joigny et Millot, qui possède un bon masque, et joint au talent de niais celui de danseur et de compositeur des ballets. Tout le monde connaît le mérite de mesdames Lévêque , Le Roi et Dupuis , et l'art qu'elles déploient journellement devant le public. Je ne puis mieux faire leur éloge qu'en disant qu'elle sont bonnes à tout , et , comme les princesses leurs voisines , débitent fort joliment une tirade pathétique , chantent la romance , et font proprement le coup de sabre au besoin. J'ajouterai qu'elles portent aussi bien le manteau royal et la couronne que beaucoup d'héroïnes des grands théâtres , et qu'avec quelques centaines de mille francs de diamans de plus , elles pourraient en maintes circonstances soutenir le parallèle.

Premières. . . . 3 f. 60 c.
Paradis..   75

Nota. Il est bon de remarquer que le théâtre de l'Ambigu-Comique et celui de la Gaîté ne donnent jamais relâche , quels que soient le temps et l'horizon politique.

3

CIRQUE OLYMPIQUE,

Rue Saint-Honoré.

CE théâtre, dirigé par MM. Franconi, offre à la curiosité du public, outre des exercices d'équitation et de voltige parfaitement exécutés, des pantomimes et des danses qui ne le cèdent en rien à celles des Boulevards. On y voit la même richesse de costumes, la même fraîcheur de décorations, et de plus une pompe guerrière que les autres théâtres, moins vastes, ne peuvent admettre. Madame Franconi, chargée des premiers rôles, ne laisse rien à désirer du côté du jeu et de l'expression ; et l'on peut dire qu'elle est fort bien secondée par son mari et son frère, qui, avec M. Cuvelier, enrichissent journellement le Cirque Olympique de compositions agréables.

Pendant l'arrière saison, MM. Franconi font des excursions dans les départemens, et leur spectacle est fermé ; mais, à l'approche de l'hiver, ils repren-

nent leurs exercices, et ne tardent point
à attirer de nombreux spectateurs.

Les jours de représentation sont an-
noncés sur l'affiche.

Premières places. . 5 f.

Dernières. 1   20 c.

SPECTACLE PITTORESQUE

ET MÉCANIQUE,

Rue du Port-Mahon.

Ce théâtre, dans lequel il n'existe ni
rivalités, ni cabales, jouit d'une réputation justement méritée. Il offre un passe-
temps agréable, et que l'entrepreneur se
plaît à varier, en donnant, de temps en
temps, de nouvelles vues des endroits les
plus remarquables de l'Europe. A l'époque où l'île d'Elbe acquit de la célébrité,
en devenant la retraite d'un personnage
fameux, feu M. Pierre, inventeur du
Spectacle Mécanique, s'empressa d'en
faire connaître au public les sites pittoresques. La foule n'assiège point le péri-

style de ce théâtre, on n'a pas besoin de gardes et de barrières pour en défendre les approches ; mais ceux que la curiosité y conduit n'en sortent point avec le regret d'avoir perdu leur temps et leur argent, comme cela leur arrive quelquefois, lorsqu'ils ont eu le malheur d'entendre ailleurs tel opéra ennuyeux, ou tel acteur soporifique.

Toutes les places sont bonnes à ce théâtre ; mais lorsqu'on veut être au premier rang, il en coûte . . . . . . 3 fr.

Au dernier 1

Les représentations ont lieu tous les soirs, à sept heures et demie.

———

PANORAMAS,

Boulevard Montmartre.

Tout le monde connaît cette invention moderne au moyen de laquelle le spectateur, placé au milieu d'une salle circulaire, de moyenne étendue, est totalement abusé par les effets de l'optique, et croit découvrir de tous les côtés un immense horizon.

Les sites qu'on lui offre sont variés à l'infini, et produisent sur lui une telle illusion, qu'il faut l'avoir éprouvée pour bien la concevoir.

Quoique les Panoramas, exposés jusqu'à ce moment à Paris, ne laissassent rien à désirer du côté de la vérité des tableaux et de l'intérêt des scènes offertes à la curiosité publique, l'auteur s'est fait un devoir de les remplacer par de nouvelles vues également intéressantes. Au Panorama de *Vienne* a succédé celui d'*Anvers*, que l'on voit tous les jours sur le boulevard des Capucines, pour la somme de 2 fr. 30 cent.

Ceux du boulevard Montmartre, représentant Boulogne, Naples et Amsterdam, sont ouverts également tous les jours.

Le prix n'est que de 2 f.

3.

COSMORAMA,

Galerie vitrée, n°. 231, au Palais-Royal.

CE sont des vues pittoresques des endroits les plus remarquables. Les tableaux sont très-variés, et exécutés de manière à piquer la curiosité publique. La plupart des sites sont pris dans les Indes ou en Égypte, de façon que tout le monde ne peut s'assurer de leur degré d'exactitude; mais l'effet en est piquant et assez instructif.

Ce spectacle est ouvert tous les soirs, depuis six heures jusqu'à onze.

Le prix d'entrée est de 1 fr. 5o c.

SPECTACLE DU SIEUR OLIVIER,

Rue Neuve des Petits-Champs, n°. 15.

CE spectacle, dans lequel on voit des tours de physique et d'adresse exécutés avec une dextérité merveilleuse, a obtenu un tel succès à Paris, et dans les divers endroits où l'auteur l'a transporté, qu'il est inutile d'en faire ici un nouvel éloge. Je me contenterai de dire que M. Olivier n'a encore rencontré personne qui l'ait surpassé; et cependant quelques vieux amateurs se souviennent encore des Comus et des Pinetti. Grâces à son zèle, ce spectacle s'enrichit de temps en temps de nouveaux tours et de nouvelles expériences. Il est ouvert tous les soirs à sept heures.

Les premières places sont de 4 f.
Les dernières de 1

EXPÉRIENCES DE PHYSIQUE
ET DE FANTASMAGORIE DE LE BRETON,

A l'Abbaye Saint-Germain.

CES Expériences, aussi variées qu'intéressantes, méritent d'attirer les curieux. Elles sont exécutées par M. Le Breton, dont la réputation, comme physicien, est faite depuis long-temps. Il fut une époque où son talent lui aurait causé de mauvaises affaires en France ; mais elle est déjà loin de nous. On ne croit plus aux sorciers, aux revenans, ni aux apparitions, et les enfans, ainsi que leurs bonnes, sont des premiers à rire des prétendus fantômes que M. Le Breton fait, à sa volonté, paraître et disparaître à leurs yeux.

Son spectacle a lieu les mercredis, vendredis et dimanches, à sept heures et demie du soir.

Les places sont de 5 fr. et 3 fr.

OMBRES CHINOISES,

Au Palais-Royal, du côté de la rue des Bons-Enfans.

DEPUIS long-temps ce spectacle passe pour être celui des enfans ; cependant je connais beaucoup de grandes personnes qui s'y amusent, et j'avoue, sans scrupule, que je suis du nombre. *Le Pont rompu, La Forêt enchantée, Le Mari qui corrige sa femme*, n'offrent ni une grande richesse d'imagination, ni un dialogue bien élégant; mais la grosse voix des acteurs, comparée à la petitesse de leur taille, leur tournure un peu guindée, et leurs gestes *saccadés*, qui rappellent quelquefois ceux de certains acteurs des boulevards, ne sont pas médiocrement plaisans. Je conseille donc aux personnes qui ne tiennent ni à la beauté de la salle, ni à la perfection de l'orchestre, ni au prestige des décorations, de fréquenter de temps en temps le spectacle illustré par feu M. Seraphin; elles s'y amuseront honnêtement pour la somme de 15, 12 ou 6 sous.

EXPOSITION EN RELIEF

DU SIMPLON, DES ALPES ET DU JURA,

Au Palais-Royal, près du café de Foi.

Le titre de ce spectacle en fournit suffisamment l'explication. On y voit, réduits dans une très-petite proportion, les sites les plus curieux du Simplon, des Alpes et du Jura. L'artiste les a ornés de fabriques pittoresques et de petites figures qui leur donnent un air animé. Dans un local resserré, et en très-peu de temps, on peut faire un voyage intéressant pour la somme de 1 fr. 50 c.

Cette exposition a lieu tous les jours, et à toute heure.

BALS D'HIVER.

BAL DE L'OPÉRA,

Rue de Richelieu.

DE tous les Bals d'hiver, celui de l'Opéra est le plus attrayant, soit à cause de son emplacement, soit à raison de la société nombreuse et brillante qu'il réunit, soit même à cause de son prix, qui est plus élevé que partout ailleurs. On sait depuis long-temps qu'un plaisir chèrement acheté l'emporte sur tout autre;

l'application de ce principe est d'autant plus juste au Bal de l'Opéra, que, les spectateurs étant la plupart masqués, on suppose avec raison que la cherté des billets influe sur la composition de l'assemblée. En effet, si l'on calcule que le prix d'entrée est de 6 fr., celui du domino de la même somme au moins; qu'il en coûte autant pour un léger restaurant chez Véry, et un peu plus pour les voitures, les gants et autres menues dépenses, on verra que tout le monde ne peut pas se procurer ce divertissement, qui entraîne nécessairement la perte de la journée du lendemain.

Pendant quelques années, les bals de l'Opéra ont été suivis avec fureur; ils étoient brillans, nombreux, animés, tels enfin qu'on doit les désirer pour s'y amuser; mais les circonstances de la guerre, en éloignant de Paris les étrangers, un grand nombre de gens riches, et surtout de jeunes gens, les avaient réduits, dans les derniers temps, à un état de tristesse et d'ennui désespérant. Plus de foule, plus de cohue; seulement quelques hommes en costume négligé; plus

de femmes ni d'amours, et partant plus
de joie : à peine si l'administration faisait
à chaque bal la moitié de ses frais ; heureusement ce temps de tribulations est
passé. La Folie, si long-temps reléguée
dans le cabinet ou le conseil de celui qui
nous gouvernait, s'en est échappée pour
venir se fixer dans son temple de la rue
de Richelieu ; elle fait un appel à ses
nombreux sectateurs, et tout annonce
que cet hiver son culte reprendra la
pompe et l'éclat qu'il mérite.

Le bal de l'Opéra offre tant de scènes
compliquées et des tableaux si variés,
qu'il serait téméraire de vouloir les re-
tracer tous ; mais on en trouvera une esquisse dans les vers suivants, faits en
1800 :

Dieux ! quels bruyans acteurs, quels grotesques
portraits !
Pour mieux déguiser ses attraits,
Cydalise a quitté sa robe diaphane ;
Qui la reconnaîtra jamais
Sous l'austère appareil de la chaste Diane ?
Vois Damon, le plus sot de tous les parvenus ;
C'est d'hier seulement que ses biens sont connus :

Mais dans le monde il fait déja merveille ;
On y vante son or, ses chevaux, son bockey ;
Pour le bal il a pris les habits de la veille,
   Et le voilà redevenu jockey.
L'arlequin sémillant, c'est Damis le poëte,
Qui pilla vingt auteurs, et fit une ariette....
Cet homme maigre et long, c'est le rentier
         Maulnoir :
Grâce aux billets donnés, il se trouve à la fête ;
Un mantelet de crêpe enveloppe sa tête,
Et sa digne moitié voulut bien, pour ce soir,
Lui faire un domino de son vieux jupon noir.
Enfin chacun ici veut cacher son visage,
Et cherche à découvrir celui de ses voisins ;
      Mais à ce métier les plus fins
Souvent perdent le fruit de leur apprentissage....
      Sous l'humble froc du capucin
On reconnaît Dorsac, toujours fier et hautain,....
      Bientôt lui-même il arrête au passage
La coquette Laïs sous le manteau d'un sage,
Et la vieille Héléna sous celui des amours....
      Phryné, dame de haut parage
Emprunte de Ninon les superbes atours :
Mille amans empressés viennent lui rendre hom-
         mage ;
   Phryné répond à leurs galans discours :

4

Son esprit la décèle ; on la nomme, elle enrage ;
　　Que n'a-t-elle choisi plutôt
Le rôle moins génant de la célèbre *Angot ?*
Madame, sans changer de ton ni de langage,
　　Eût à ravir joué son personnage....
　　　Parmi tous ces fous ambulans,
Je crois avoir noté les fous les plus marquans :
　　　Mais déjà la troupe étourdie
Et se heurte, et se presse.... **On chante, on bâille,**
　　　on crie,
　　Et voilà comme on s'amuse à Paris.
　　　Toutefois dans ce beau pays,
　　Dans cette ville au luxe consacrée,
　　Le carnaval est de longue durée :
　　Nos almanachs annoncent vainement
La fin de tous ces jeux par l'Eglise ordonnée ;
Car bien des gens ont pris le *masque* pour l'année,
Et parleront toujours avec *déguisement.*

Les bals de l'Opéra commencent ordinairement à Noël, et ont lieu le samedi
de chaque semaine jusqu'à la fin du carnaval. Il y en a encore un à la micarême, et c'est même le plus brillant.
La salle est ouverte à onze heures ; mais
le beau monde ne s'y rend guère qu'à
minuit, et quelquefois plus tard.

BAL DE L'ODÉON,

Faubourg Saint-Germain.

Son éloignement du centre de Paris est cause qu'il n'est guère fréquenté que par les habitans du faubourg Saint-Germain. Quelquefois cependant de jeunes élégans de la chaussée d'Antin, qui ont entrepris de visiter tous les bals de la capitale dans la même soirée, viennent y faire une courte apparition. Alors il acquiert par leur présence un peu de mouvement et de vivacité ; mais à peine sont-ils partis, que tout rentre dans l'ordre accoutumé ; l'influence de la salle et du quartier se fait sentir, le calme succède au bruit, la langueur à la joie, et *la petite maison de Thalie* semble encore trop grande pour le nombre de ses habitués. Quelques demoiselles, à qui il arrive rarement de goûter le plaisir de la danse, sont les seules peut-être à ne pas remarquer combien le temps s'écoule lentement au bal de l'Odéon ; mais plus d'une fois j'ai surpris leurs mamans à bâiller comme un jour de spectacle, et il m'a été facile de m'apercevoir combien elles regrettaient d'avoir fait une toilette *considérable*, et interverti l'heure de leur sommeil pour un amusement si futile et si *coûteux*,

Le prix du billet est de 5 fr.

Les bals de l'Odéon n'ont lieu que dans le carnaval. Ils commencent et finissent plus tôt que ceux de l'Opéra. On y va paré ou masqué, indifféremment.

BAL DE TIVOLI D'HIVER,

A la Salle Olympique, rue de la Victoire.

Il est un principe invariable, c'est qu'on aime mieux aller chercher le plaisir un peu loin, même avec beaucoup de fatigues et de dépenses, que de le trouver sous ses pas: d'où je conclus que le bal de Tivoli d'hiver, quoique établi dans un local charmant, ne sera jamais fréquenté par les élégans de la chaussée d'Antin,

L'entrepreneur a cependant eu le soin d'y rassembler tout ce qui peut y attirer la foule : lumières éblouissantes, orchestre choisi, divertissemens nombreux et variés ; il est impossible que son établissement ne prospère pas : si l'on m'en demande la raison, je dirai que c'est le plus nouveau du même genre, et que l'inconstance, si naturelle aux Parisiens, après avoir conduit leurs pas au Wauxhall, au Cirque, à la Redoute, etc., doit nécessairement les ramener tôt ou tard à la Salle Olympique. S'il en était autrement, ce serait la preuve qu'il n'y a plus d'esprit national. Quel dommage pour les modistes, les tailleurs et les entrepreneurs de toute espèce!!

Le prix du billet est de 3 fr.

Le bal a lieu les dimanches et les jeudis.

BAL DU SALON DES REDOUTES.

Rue de Grenelle-Saint-Honoré.

C'EST un ancien bal sous un nouveau nom. Pendant quelque temps, le local

4.

où il est établi a servi à une réunion de francs-maçons ; mais je puis assurer que leurs mystères n'avaient point d'aussi nombreux ni d'aussi joyeux spectateurs que ceux qui s'y adonnent actuellement au culte de l'amour et de la folie. A des cérémonies tristes et funèbres ont succédé des danses vives et gracieuses ; le bruit du marteau est remplacé par celui du tambourin ; et si l'on fait encore quelques épreuves, c'est à qui déploiera le plus de grâce, de vigueur et de souplesse.

Les initiés qui se réunissent à la redoute ne sont point des *compagnons maçons* ; mais en revanche, il y a des *compagnons* orfévres, des *compagnons* bijoutiers et des *maîtres* tailleurs.

Quant aux dames, il en est fort peu, je crois, qui soient *apprenties* ; la plupart ont pris leurs grades dans des magasins de modes ou de lingerie ; et c'est ordinairement en sortant de la Redoute, le dimanche et le jeudi, qu'elles se livrent avec le plus d'ardeur à la célébration de leur culte favori.

L'entrée du bal de la Redoute est de 75 c.

BAL DU WAUXHALL,

Boulevard Bondi.

CET établissement, également fréquenté pendant l'été et l'hiver, réunit tout ce qu'il faut pour conserver la vogue : un jardin d'une médiocre étendue , mais bien distribué, dans lequel on danse durant la belle saison ; un orchestre excellent, et une rotonde ou salle d'hiver propre à toutes sortes de divertissemens. Les bals y sont plus agréables que dans aucun autre local , en ce que les spectateurs peuvent circuler autour des danseurs sans les gêner et sans être confondus avec eux.

La société du Wauxhall n'est point aussi brillante que celle de l'Opéra, aussi modeste que celle de l'Odéon, mais elle est beaucoup mieux composée que dans les bals qui avoisinent le Palais-Royal. Les hommes y ont un ton plus décent, et les femmes un air moins leste : il s'y glisse bien, comme dans presque tous

les endroits publics, de ces dames d'un
caractère liant, qui commencent, nouent
et terminent une intrigue dans la soirée ; mais leur nombre est petit en com-
paraison de celui des honnêtes bour-
geoises de la porte Saint-Denis ou du
boulevard du Pont-aux-Choux. Cependant le prix d'entrée est de 10 s. seulement.

Ceci semblerait contredire ce que j'ai
avancé au sujet du plus ou moins de
cherté d'un spectacle public ; mais je ferai observer que le Wauxhall est loin du
centre de Paris, et que probablement la
topographie du quartier influe plus ou
moins sur la vertu des dames.

BAL DU CIRQUE DES MUSES.

Rue Saint-Honoré.

IL ne faut pas s'attendre à y rencontrer
l'élite de la société. Des grisettes, des
commis-marchands, des demoiselles
d'une vertu médiocre en sont les habi-

tués les plus nombreux. Quelques étrangers et quelques provinciaux se mêlent aussi dans la foule ; mais ils sont
aisés à reconnaître. Leur embarras , leur
ton poli et parfois respectueux avec des
dames dont la profession autorise une
certaine familiarité , forment un contraste
assez piquant avec les manières grivoises
des favoris de ces belles. Je ne prétends
point dire qu'il n'y ait aucune femme ou
fille honnête au Cirque des Muses ; mais
comme la plupart ont fait leur éducation dans un magasin de modes du Palais-Royal ou de la rue aux Ours , j'en
conclus que ce ne sont point des ti-
gresses.

Le bal du Cirque a lieu tous les jours
de fêtes et dimanches , depuis six heures
jusqu'à minuit.

Le prix du billet est de 1 fr. 80 c.

Pendant le carnaval , les bals sont pa-
rés et masqués , et durent toute la nuit,

BAL DE L'HERMITAGE (d'hiver),

Rue de Provence.

Ce bal a une physionomie particulière. C'est le rendez-vous d'une partie des soubrettes et des valets de chambre de la chaussée d'Antin. Les unes, revêtues parfois de la tunique légère de leur maîtresse, et les autres du frac élégant de leur maître, produiraient une certaine illusion aux yeux de l'étranger et de l'observateur novice, si quelque phrase mal sonnante, ou certain geste équivoque, ne trahissaient le secret du travestissement. Des marchandes du faubourg Montmartre, des commis de banquiers grossissent la foule des danseurs à l'époque des jours gras. On y donne alors des bals tout-à-fait masqués, et l'on y voit des héros et des héroïnes d'antichambre qui parodient assez bien les aventures de boudoir dont leurs maîtres les ont rendus témoins ou confidens.

Le prix d'entrée est de 2 fr. pour un cavalier, qui peut y conduire une dame.

BAL DE THERPSYCHORE,

Carré Saint-Martin.

IL commence à l'entrée de l'hiver, et finit après le carnaval. La plupart des femmes y ont leur entrée gratuite, et leurs cavaliers ne paient que 1 fr. pour les accompagner. On voit, par la modicité de ce prix, que la société n'est ni des plus riches, ni des mieux choisies. Elle s'y amuse néanmoins aussi bien que si elle donnait un écu à la porte. Pourvu qu'elle danse, que lui importe que ce soit un *Kreutzer* ou un aveugle qui joue du violon? N'est-il pas des folies de tout âge, et du plaisir pour tous les goûts?

BAL DU SALON DE FLORE,

Au Théâtre Molière, rue Saint-Martin.

JE puis ranger le bal de Flore dans la
même classe que le précédent, si ce n'est
que le local où il se tient est beaucoup
plus vaste et plus agréable. Cependant
le prix d'entrée n'est que de 5o cent. par
personne. Situé dans un quartier populeux, il offre un délassement agréable
aux petits marchands et aux ouvriers de
la rue Saint-Martin et de la rue Saint-
Denis, qui ne le désertent qu'à l'approche du Printemps pour aller goûter en
famille à Romainville ou au Prés-Saint-
Gervais.

BAL DU JARDIN DES PRINCES.

Boulevard du Temple.

Ce bal n'offre rien d'extraordinaire
C'est le rendez-vous d'une partie des ha-

bitans du Marais et de la rue du Temple.
Il a lieu, comme tous les autres, le dimanche et le jeudi.

Le prix du billet est de 50 c.

BAL DU MUSÉE,

Rue Dauphine.

Il a lieu dans la salle occupée autrefois par les Jeunes-Elèves, et réunit une assemblée nombreuse, parmi laquelle on remarque beaucoup de jolies grisettes du faubourg Saint - Germain. C'est sans contredit le plus gai et le plus suivi de ce quartier.

L'abonnement des hommes coûte 25 f. pour tout l'hiver. Lorsqu'on ne s'abonne pas, le prix du billet est de 1 fr. 10 c.

WAUXHALL FRANÇAIS,

Quai Voltaire.

Ce bal, consacré, comme le précédent, aux plaisirs des habitans du faubourg

5

Saint - Germain, attire aussi beaucoup d'amateurs. Le local est vaste, l'orchestre passable, et le prix modique.

Il n'en coûte aux demoiselles de la rue du Bac, et lieux environnans, que 50 c. pour s'amuser depuis six heures jusqu'à minuit.

———

BAL DU GRAND-SALON.

Rue Coquenard.

J'AVAIS beaucoup entendu vanter autrefois le plaisir qu'on goûtait au Grand Salon, où la Cour elle-même se rendait, disait-on, pendant les jours gras, pour jouir de la bruyante gaieté du peuple. Je ne sais si les choses sont bien changées, mais j'avoue qu'au lieu de plaisir, j'ai éprouvé du dégoût; que l'aspect des danseurs et des spectateurs m'a causé de l'ennui; leur gaieté, de la fatigue; et que les tableaux dont j'ai été témoin m'ont paru tout au plus propres à satisfaire l'imagination d'un Teniers ou d'un Callot.

Je suis très-fort d'avis que la dernière classe du peuple ait au moins le simulacre des plaisirs de la bonne compagnie ; qu'elle jouisse des beautés du mélodrame, faute des chefs-d'œuvres de Racine ; et des farces des tréteaux, à défaut des traits spirituels de Molière : mais tout en la laissant libre de s'amuser comme bon lui semble, je ne pense point qu'il faille partager ses goûts et admirer ses turpitudes. Des buveurs morts ivres, étendus sur les tables et sur les bancs ; des danseuses échevelées ou couvertes de taches de vin, ne sont point un spectacle agréable aux yeux ; leurs propos ne flattent point l'esprit. Je ne recommanderai donc le Grand-Salon qu'aux étrangers qui veulent tout voir et tout connaître, aux peintres qui ont besoin de modèles expressifs, ou aux auteurs grivois qui veulent prendre la nature sur le fait, et tracer, sans effort d'imagination, des scènes bouffonnes ou graveleuses.

L'entrée du Grand-Salon est gratuite.

INSTITUT

ET SÉANCES ACADÉMIQUES,

Au ci-devant collége des Quatre-Nations.

Il faut bien que l'on trouve un certain charme aux séances de l'Institut, puisque, toutes les fois qu'elles sont publiques, une foule de femmes jolies et élégantes, d'hommes marquans, d'artistes célèbres, assiégent les portes de son palais : souvent, m'a-t-on dit, le public est désappointé, et s'aperçoit que les grands génies ne sont pas toujours amusans; mais moi, qui suis d'un Athénée, je ne puis décemment en convenir. Je pense que si l'on ne goûte pas un plaisir bien vif à l'Institut, ce n'est ni la faute du récipiendaire, qui fait toujours un beau discours, ni celle du président, qui a la réplique toute prête, ni celle du défunt, dont le caractère et les ouvrages sont trouvés admirables, mais celle des

assistans; et voilà sur quoi je me fonde.
La réception d'un nouveau membre au
sein de l'Institut est une espèce de spectacle, du moins le public s'en fait cette
idée; or il trouve d'abord que la salle,
quoique bien appropriée à son institu-
tion, est petite, mal éclairée, et par conséquent peu avantageuse aux dames; ensuite que les acteurs ne sont pour la plupart ni jeunes, ni élégans, puisque leurs
rôles sont taillés sur le même patron,
et produisent le même dénouement. Ces
préventions, plus ou moins fondées, sont
cause que le palais des sciences serait probablement moins fréquenté, si les séances
de l'Institut avaient lieu tous les jours;
mais, comme elles sont assez rares, la
ferveur se soutient. On veut connaître
les savans, au moins de vue; on fréquente
leur sanctuaire, et quelquefois on en sort
très-content d'avoir appris au juste ce
qu'il fallait avoir fait, dit ou écrit, pour
être un homme célèbre.

5.

CHAMBRE DES DÉPUTÉS,

Au Palais Bourbon.

LA politique étant un art, une science qui mérite toute notre attention, et, selon MM. les diplomates, toute notre reconnaissance, on ne peut trop recommander au public de fréquenter les lieux où on la cultive; ainsi, nous nous empressons de signaler à sa curiosité la chambre de MM. les députés des départemens. La beauté du local, l'intérêt des discussions, le talent déployé par les orateurs, sont plus que suffisans pour l'engager à sacrifier au plaisir de les entendre le temps qu'il consacre ordinairement à des occupations frivoles. Nous ne sommes point assez hardis pour lui promettre qu'il verra toujours à la tribune des Démosthène et des Cicéron, des Mirabeau et des Cazalès; mais il y entendra quelques figures de rhétorique employées de leur temps, et bon nombre de phrases cadencées, qui, pour n'être pas nouvelles, n'en obtiennent pas moins assez souvent les honneurs de l'impression.

Pendant la session de la chambre des députés, les séances sont publiques presque tous les jours, depuis midi jusqu'à cinq heures.

———

SOCIÉTÉS JOYEUSES.

Quoique tous les profanes ne puissent y être admis, je n'hésite point à les compter au nombre des plaisirs de la capitale. La plupart d'entre elles publient un recueil périodique de leurs productions; de cette manière, elles contribuent à entretenir la gaieté française; et pour peu qu'un amateur leur soit recommandé par son esprit, son goût pour la bonne chère, et ses connaissances littéraires ou gastronomiques, il obtient assez aisément la faveur d'assister à leurs banquets. Le plus célèbre a lieu, comme on le sait, au Rocher de Cancale, le 20 de chaque

mois. C'est le temple *des Épicuriens modernes*; mais il a de nombreuses succur-
sales dans les autres quartiers de Paris.
Les joyeux chansonniers qui les desser-
vent, à la tête desquels il faut citer les
Piis, les Désaugiers, les Brazier, les Rou-
gemont, les Béranger, les Coupart, les
Gentil, les Moreau, les Francis, etc., etc.,
ont donné de telles preuves de zèle et de
ferveur dans les momens les plus cri-
tiques, qu'on doit tout attendre d'eux
aujourd'hui, que la paix et des communications ouvertes avec les quatre parties
du monde leur offrent une surabondance
de nouveaux mets et de nouveaux travers
à exploiter.

CONCERTS.

Il fut un temps où ils se succédaient
rapidement à Paris, et où l'on n'avait
que l'embarras de choisir le jour, le local et les virtuoses. Aujourd'hui les amateurs de musique voient diminuer considérablement leurs jouissances : plus de

Garat, plus de Crescentini, plus de Mara, ni de Catalani. Tous ces brillans rossignols ont déserté notre belle France pour aller enchanter d'autres peuples et d'autres climats. Ce n'est point que leurs talens y soient plus admirés que chez nous; mais les musiciens, ainsi que les peintres et les poëtes, quoique gens très-libéraux, ne vivent point de l'air du temps; il leur faut, outre les applaudissemens, les vers et les couronnes, une nourriture un peu substantielle, voire même un peu dispendieuse, c'est-à-dire, quatre à cinq mille guinées de traitement par an; et nos riches voisins sont seuls en état de la leur fournir. Ainsi qu'on ne me dise plus que le soleil de l'Italie ou celui de Paris est nécessaire pour entretenir le gosier souple et en bon état; l'air humide et épais de la Tamise lui est bien préférable; et je ne connais point de virtuose qui ne chante mieux pour deux mille livres sterling à Londres, que pour moitié de cette somme à Naples ou à Milan.

On se souvient encore des fameux concerts du théâtre Feydeau, de ceux du théâtre Olympique et de l'Opéra; mais

rien ne les remplace, pas même l'Odéon,
ni le Conservatoire. Cet etablissement a
son mérite, sans doute, et offre une grande
perfection dans la partie instrumentale,
qui a étonné le célèbre Viotti lui-même;
mais enfin on n'y entend que des élèves;
et malgré le talent reconnu de leurs professeurs, ils sont loin d'égaler les virtuoses
ultramontains.

Pendant la belle saison, le Conservatoire est à peu près le seul endroit où les
mélomanes puissent aller se distraire, à
raison de 3 ou 6 francs par séance.

Les exercices ont lieu le dimanche,
depuis une heure jusqu'à quatre.

L'Odéon donne quelques concerts,
mais de loin en loin, et seulement à
l'approche de l'hiver. Le jour et le programme sont indiqués sur l'affiche.

On a entendu à Paris, depuis quelques
années, beaucoup d'instrumens de nouvelle invention, tels que le panharmo-
nicon, le mélodion, le trochléon, le cla-
vi-harpe, etc.; mais les expériences que
leurs auteurs faisaient devant un petit
nombre de personnes, ne peuvent être
appelées des concerts. Espérons que la

paix et le séjour des étrangers dans la capitale y attireront bientôt quelques artistes célèbres qui ne nous feront point oublier nos Laïs, nos Martin, nos Branchu, nos Duret et nos Régnault, mais qui nous mettront à même d'établir des comparaisons et de varier nos jouissances.

SERMONS

ET MUSIQUE D'ÉGLISE.

QUELQUES casuistes me blâmeront, je n'en doute pas, de parler des sermons et de la musique d'Église comme d'une distraction mondaine, mais c'est faute de savoir interpréter ma pensée. Personne ne conteste que les goûts sont variés à l'infini; que l'un se plaît à entendre déclamer une tirade de Corneille ou de Voltaire; l'autre un poëme de MM. C*** ou D***; que tel mélomane se passionne pour le cor ou le violon, tandis que celui-ci n'aime que le clavecin et l'épinette. Eh bien! moi, je connais beaucoup de

braves gens qui n'admirent ni les beaux
vers des premiers, ni la prose rimée des
seconds. Ils préfèrent à tout cela un joli
sermon; de même qu'ils donneraient tous
les instrumens faits et à faire pour l'orgue
de Saint-Eustache ou de celui de Saint-
Sulpice. Faudra-t-il donc que je leur
laisse ignorer les jouissances qu'ils peuvent se procurer tout en faisant leur
salut ? Parmi nos prédicateurs célèbres
ne peut-il se rencontrer un Bossuet et
un Bourdaloue, ou au moins un petit
P. André et un Bridaine ? Ne possédons-
nous pas les célèbres organistes Miroir
et Couperin, dont les journaux préco-
nisent le talent, toutes les fois qu'il y a
une cérémonie importante ? N'avons-nous
pas de superbes messes et de charmans
requiem, dont ces mêmes journaux nous
entretiennent de temps en temps ? Pourquoi serais-je le seul à ne pas en parler ?
Plus circonspect que beaucoup d'entre
eux, je ne donnerai aucun détail sur les
fêtes religieuses; je dirai seulement que,
si l'on veut entendre quelquefois de bons
sermons, il faut aller à Saint-Eustache
ou à Saint-Thomas-d'Aquin ; de même

qu'il faut fréquenter Notre-Dame, Saint-Roch ou Saint-Sulpice, pour être témoin de cérémonies majestueuses et imposantes.

———

CABINETS LITTÉRAIRES

ET JOURNAUX.

PERSONNE ne peut contester que les jouissances de l'esprit sont plus nobles et plus durables que les plaisirs physiques ; Ainsi je me garderai d'omettre dans ma nomenclature celles que l'on peut goûter, tous les jours et à toute heure, dans un salon bien chauffé et bien éclairé, pour la modique somme de six sous. Je consacrerai un chapitre aux cabinets littéraires. Sans eux, en effet, que deviendrait cette foule d'hommes d'esprit et de génie dont la capitale abonde ? Quelques-uns, je le sais, pourvus d'emplois plus ou moins honorables, plus ou moins lucratifs, peuvent passer leur soirée chez eux, au sein d'un spectacle ou d'une société

choisie ; mais combien de pauvres dia-
bles, après avoir barbouillé du papier
pendant la matinée, et fait un mauvais
dîné à 22 s. par tête, seraient embar-
rassés de leur personne, s'ils ne trou-
vaient à se gîter, surtout pendant l'hiver,
dans le cabinet de lecture de *Rosa*, cour
du Palais-Royal, ou dans celui de *Girar-
din*, Galerie de Pierre, n°. 156 ! L'un et
l'autre réunissent tous les papiers publics,
toutes les brochures nouvelles, tous les
plans de finance et les projets de consti-
tution ; mais cependant ils ne peuvent
rivaliser avec celui *de la rue de Gram-
mont*, où, pour 6 fr. par mois, on jouit
d'une bibliothèque de 18,000 volumes,
ni avec le bel établissement de *Galignani*,
rue Vivienne, dans lequel les étrangers
n'ont rien à désirer du côté de la société, de l'agrément et des moyens d'instruction. Il serait injuste de ne pas faire
mention encore du cabinet littéraire de
la rue de l'ancienne-Comédie-Française,
tenu par le sieur *Zoppi*, successeur du
fameux Procope. C'est là que doit s'ins-
taller tout homme qui aime à recueillir
une ample moisson d'anecdotes litté-

raires et de traditions théâtrales. Grâce
à quelques vieux habitués, il pourra, au
bout de trois ou quatre séances, savoir
combien de pas et de gestes faisait Le Kain
avant de commencer un monologue; à
quelle époque madame La Chassaigne
s'est retirée du théâtre; à quel âge mademoiselle Raucourt a débuté dans le
monde, et mille autres choses aussi intéressantes. Depuis que la paix a rétabli
nos relations amicales avec l'Angleterre
et l'Allemagne, on trouve dans les cabinets littéraires la plupart des journaux étrangers; qu'on y joigne les dix ou
douze feuilles qui s'impriment à Paris,
et l'on se convaincra que le lecteur le
plus intrépide a de quoi s'occuper suffisamment depuis six heures jusqu'à minuit.
Un de mes amis prétendait qu'on pourrait abréger de beaucoup cette lecture,
en ne prenant dans chaque journal que
ce qu'il y a d'intéressant; mais moi je
soutiens que tout en est bon, et je les
lis d'un bout à l'autre, étant bien con-
vaincu que chaque ligne offre une vérité
ou un trait d'esprit, une critique ingé-
nieuse ou un éloge impartial.

Cependant je recommanderai plus particulièrement à ceux qui attendent leur
nomination à quelque grade ou emploi
important. . . . . . le Moniteur.

Aux royalistes zélés. . la Quotidienne.

A ceux qui aiment les
principes orthodoxes et
une dialectique serrée. Le Journal des
                        Débats.

A ceux qui sont un
peu entichés de philo-
sophie et d'esprit na-
tional. . . . . le Journal de
                      Paris.

Aux hommes sages et
tranquilles. . . . . la Gazette de
                    France.

Aux amateurs de nou- ⎧le Journal géné-
veautés, bonnes ou mau- ⎪ral et le Cen-
vaises. . . . . . . ⎨seur.
                      ⎪le Journal royal
                      ⎪et le Véridi-
Aux partisans de la ⎩que.
vieille littérature. . . le Mercure.

A ceux des nouvelles
doctrines . . . . . le Spectateur.

Aux esprits malins. . le Journal des
Arts.

Aux esprits légers et
aux dames. . . . . le Journal des
Modes.

———

MUSÉUM

DE PEINTURE ET DE SCULPTURE,

Au Louvre.

IL n'est aucun étranger qui n'ait entendu parler de notre Muséum de peinture et de sculpture, et qui ne s'empresse de le visiter en arrivant à Paris. Tout ce que je pourrais en dire ici serait donc inutile. Je me contenterai seulement de faire remarquer que cet établissement, qui n'a point son pareil en Europe, est le trophée le plus beau et le plus durable de nos victoires. Dans cinq cents ans, l'histoire de notre temps sera mal sue, ou à peu près oubliée par nos arrière-petits-neveux ; mais en contemplant la magnifique galerie du Louvre, ils re-

6.

porteront leur pensée vers l'époque qui
leur aura valu tous ces chefs-d'œuvres,
et, en songeant au prix qu'ils nous ont
coûté, ils ne pourront s'empêcher de
nous admirer et de nous plaindre.

Tous les deux ans, au mois d'octobre,
il y a au Muséum une exposition des
productions des artistes vivans. Celle de
1814 a été retardée d'un mois, à cause
des événemens de la guerre ; mais elle
n'en a pas été moins brillante, et sûrement elle l'aurait été davantage, si on
avait pu acquiescer au vœu de plusieurs
artistes qui demandaient qu'on la diffé-
rât jusqu'au printemps suivant.

Le Muséum est ouvert tous les jours
pour les étrangers . qui n'ont besoin que
d'exhiber leurs passe-ports. Les habitans
de Paris ne peuvent y entrer que le samedi et le dimanche de 10 à 4 heures.

MUSÉE

DES MONUMENS FRANÇAIS,

Rue des Petits Augustins, faubourg Saint-Germain.

CE musée est consacré aux monumens de l'histoire de France, qui y sont chronologiquement placés pour servir aussi à celle de l'art. Il est divisé par siècles, et en autant de salles que l'art en France offre d'époques remarquables. Ces salles sont décorées par M. Le Noir, administrateur de l'établissement, selon le goût des temps, avec les débris d'anciens monumens de chaque époque.

Le musée est ouvert au public les jeudis et dimanches, depuis onze heures jusqu'à quatre.

BIBLIOTHÈQUE DU ROI,

Rue de Richelieu.

C'est le plus vaste dépôt des connaissances humaines. On y trouve à peu près tout ce qui a été publié depuis l'invention de l'imprimerie, un grand nombre de manuscrits rares et précieux, et de dessins originaux.

Le cabinet des antiques, qui fait aussi partie de l'établissement, renferme beaucoup de médailles, de bijoux et de curiosités difficiles à rencontrer ailleurs.

Les salles de la Bibliothèque sont vastes et bien distribuées, les moyens d'instruction infinis, et la complaisance de messieurs les employés sans bornes. Tout concourt à y attirer les curieux et les personnes qui veulent s'instruire.

Les lecteurs peuvent y entrer tous les jours, excepté les fêtes et les dimanches, de dix à deux heures. Le public n'y est admis que les mardis et vendredis aux mêmes heures.

Paris renferme encore quatre autres bibliothèques publiques ; savoir :

Celle de l'Arsenal,
Celle du Panthéon,
Celle des Quatre-Nations,
Et celle de la ville de Paris, rue Saint-Antoine, n° 110...

On y entre tous les jours, excepté les fêtes et les dimanches, de dix à deux heures.

INSTITUTION

DES SOURDS-MUETS.

Rue du faubourg Saint-Jacques.

Cet établissement, dirigé par M. l'abbé Sicard, mérite d'être visité par les curieux et les amis de l'humanité.

Le 30 de chaque mois, à dix heures du matin, il y a un exercice public, où l'instituteur en chef déploie tous ses moyens d'instruction. Le premier répétiteur, Massieu, y fait preuve d'une rare intelligence, en analysant les questions les plus compliquées, et en les développant d'une manière beaucoup plus claire et plus précise que ne pourraient le faire un grand nombre de personnes douées de tous leurs organes.

Les autres élèves répondent aussi à toutes les demandes qu'on leur fait, et rendent compte avec justesse des actions qui se passent sous leurs yeux.

Les billets d'entrée se distribuent chez M. le Directeur.

TIRAGE DE LA LOTERIE,

Rue Neuve des Petits-Champs.

JE n'ose dire que ce soit un plaisir pour tout le monde ; il n'y a guère que les intéressés, ou ceux qui, comme Jocrisse, espèrent gagner un terne sans avoir mis à la loterie, qui consentent à se lever matin pour voir ce spectacle ; cependant l'observateur et le philosophe peuvent encore s'y amuser quelques instans.

En effet, n'est-il pas curieux, ce rassemblement d'individus de tous les âges, de tous les états, qui cherchent à lire sur la figure des enfans chargés de tirer les numéros, quel sera leur sort? Voyez comme ils suivent tous les mouvemens de la roue; comme le chagrin, l'humeur, la confusion, se peignent sur leur figure, lorsque la fortune a trompé leur attente!... Quelle est, au contraire, leur joie lorsqu'ils ont déjà obtenu une ou deux chances favorables; et leur anxiété quand un dernier n° va déjouer ou combler leurs vœux! Alors celui qui n'a que l'extrait cherche ou invente quelque cause qui l'a empêché de gagner l'ambe. Son voisin, possesseur de cet ambe si envié, maudit l'événement ou la mauvaise idée qui l'a frustré du terne.

Le curieux, seul, qui n'a point exposé son argent, et qui voit le désappointement du plus grand nombre, s'amuse complètement de ces scènes diverses; mais elles acquièrent bien plus d'intérêt pour lui, lorsque, par la suite, il rencontre dans le monde, travestie en dame du haut parage, ou caché sous l'habit d'un richard, la modeste grisette et le rustre grossier que le hasard lui a fait remarquer à ses côtés un jour de tirage.

Quelquefois alors il se laisse tenter ; de spectateur, il devient acteur ; et la fortune, par un nouveau caprice, lui fait prendre la place de ceux dont naguère il blâmait la folie.

Les tirages de Paris ont lieu les 5, 15 et 25 de chaque mois, à neuf heures du matin, dans l'hôtel de l'Administration de la Loterie, rue Neuve-des-Petits-Champs.

CANAL DE L'OURCQ,

Barrière de la Villette.

L'on devinera facilement que je ne veux point parler ici du canal de l'Ourcq sous le rapport de son utilité, ni du mérite de son exécution ; je ne le considère que comme objet d'agrément, c'est-à-dire, comme promenade et rendez-vous

des patineurs les plus célèbres de la capitale, pendant les belles gelées d'hiver.

Avant qu'on eût songé à construire, à
la Villette, le superbe bassin que nous
y voyons aujourd'hui, l'art du patin était
presque nul à Paris; quelques jeunes
gens nés dans le Nord, et dominés par
le goût de cet exercice, presqu'aussi fort,
chez certaines personnes, que celui de la
chasse, étaient réduits à patiner sur les
bassins des Tuileries, ou à l'endroit dit
La Garre; beaucoup d'entre eux, rete-
nus par la crainte d'être confondus avec
des polissons, ou le désagrément d'aller
s'exercer à l'extrémité de Paris, se con-
tentaient du rôle de spectateurs : maintenant, il n'en est plus ainsi; l'hiver,
déjà si riche en bals, en jeux, en divertissemens de toute espèce, a vu augmenter ses ressources d'un exercice partagé
par toutes les classes de la société. Dès
que l'Aquilon commence à souffler, les
amateurs du patin consultent leur ther-
momètre; les plus pressés n'attendent
que trois ou quatre degrés de congéla-
tion pour se rendre au Canal de l'Ourcq;
mais les gens prudens ne se hasardent

7

sur son cristal dangereux, que lorsque le froid a donné à la glace cinq à six pouces d'épaisseur. Alors, pour peu qu'un rayon de soleil vienne à paraître, on voit arriver de toutes parts un essaim de femmes jolies et de jeunes élégans, qui font entre eux assaut de grâces et d'adresse. Les unes, vêtues de riches fourrures, ne posent qu'en tremblant leurs pieds délicats sur la glace, tandis que les autres, légers comme Éole, et rapides comme l'éclair, parcourent, en badinant, sa surface polie.

Ici, vous apercevez une maman qui voudrait, mais qui n'ose rejoindre sa jolie fille, dont elle a été séparée par un adroit patineur; là, c'est un vieil émérite, qui, comptant trop sur son antique agilité, s'est donné une entorse en voulant faire *un grand dehors*, et s'en retourne chez lui clopin clopant. Plus loin, la jeune grisette, colorée par le froid, essaie quelques glissades, en s'appuyant sur le bras de son ami; et celui-ci, tout en prévenant sa chute, lui en prépare une plus dangereuse pour le printemps prochain. Dans un coin, sous une tente élevée à la hâte, une revendeuse distribue des gâteaux, des cervelats et de l'eau-de-vie, pendant que son mari loue des chaises, des traîneaux, ou raccommode les patins. On rit, on se pousse, on tombe; le temps fuit; mais la nuit arrive : alors chacun fait ses préparatifs de départ; l'élégante rejoint sa calèche, le petit-maître son wiski; le bourgeois prend un fiacre; l'étudiant se cotise avec son camarade pour avoir un cabriolet de place, tandis que la majorité regagne à pied son domicile, en racontant les chutes et les succès du jour, en songeant au plaisir et au froid qu'elle a éprouvé, au vin qu'elle a bu sans payer les droits, et au souper qui l'attend.

CAFÉS.

En parlant des boulevards, j'ai déjà eu occasion de citer quelques-uns des principaux cafés qui en font l'ornement. tels que Tortoni, le café Hardi, le café Anglais et le café Riche, le jardin Turc et celui des Princes; mais ma liste serait incomplète si je n'y ajoutais le fameux café d'Apollon , où l'on donne tous les soirs , été comme hiver , deux ou trois représentations de vaudevilles, pantomimes et opéras , aussi bien joués que dans beaucoup de villes de province. La salle , composée de deux rangs de loges, et fort bien éclairée , est continuellement remplie d'amateurs qui , sans rétribution , et au moyen seulement d'une consommation de rafraîchissemens , dont le *minimum* est de 16 s., peuvent jouir d'un spectacle varié et amusant. Ce n'est pas dans la troupe du café d'Apollon qu'il faut chercher des Elleviou, des Martin, des dames Duret et Regnault; mais le talent des acteurs qui y figurent est approprié au goût des spectateurs. Si les uns ne recueillent point autant d'applaudissemens que dans les grands théâtres , les autres n'y donnent jamais de marques d'improbation , ou du moins le choc des verres , les fumées du punch, les cris des garçons, et le bruyant colloque des buveurs, empêchent qu'elles ne soient entendues.

Les cafés des boulevards jouissent d'une grande vogue pendant l'été , mais ils la

partagent avec ceux du Palais-Royal ;
au lieu que, durant l'hiver, ceux-ci ras-
semblent presque exclusivement les con-
sommateurs et les oisifs, deux classes
qu'il faut bien distinguer, mais qui concourent également à achalander un établissement public. En effet, voit-on un
endroit désert, on évite d'y porter ses
pas, on craint de s'y ennuyer ou d'y être
mal servi. Si la foule, au contraire, assiège un spectacle, un restaurant, un
café, on brigue l'avantage d'y dépenser
son argent, dût-on attendre une heure
avant d'obtenir un mauvais drame, un
potage ou un sorbet.

En tête des cafés du Palais-Royal, on
doit placer celui *de Foi*, célèbre par son
ancienneté, ses vieux politiques (qui
pourtant commencent à s'éclaircir) et ses
bonnes glaces.

Après, vient le café *du Caveau* ou de
la Rotonde, remarquable par la consommation qui s'y fait et les rendez-vous
qu'on s'y donne.

Je citerai ensuite le café *des mille Co-
lonnes*, illustré par sa belle limonadière,

ses draperies élégantes, son mobilier précieux et ses riches quinquets.

Puis le café *des Étrangers*, qui réunit à ces avantages celui de posséder plusieurs billards et un orchestre harmonieux.

Je me donnerai de garde d'oublier le café *Sabatino*, recommandable par ses bonnes liqueurs et son punch à la romaine ;

Et le café *Lamblin*, justement apprécié des amateurs pour son excellent moka.

J'ajouterai à cette liste le café *de Chartres*, si renommé pour ses déjeuners,

Et celui *de Valois*, si connu par ses parties d'échecs.

Je ferai encore une mention honorable du café *Anglais*, de celui *de Rome*, et je terminerai par le café *Montensier*, qui l'emporte sur tous les autres, non par la bonté des rafraîchissemens, mais par l'élégance et la grandeur du local, la multitude des lumières et l'affluence des curieux.

Les amateurs du genre voudront bien

me permettre de ne donner aucun détail particulier sur le café *des Variétés*, celui *des Aveugles* et autres situés sous terre. La société peut y être fort aimable ; mais on convient assez généralement qu'il y fait trop sombre pendant le jour, et trop clair pendant la nuit.

RESTAURATEURS.

Si je savais accommoder un article d'almanach comme les hommes célèbres, dont je veux apprécier les talens, savent accommoder leurs mets, j'en ferais un morceau piquant ; mais pour un Véry, un Beauvilliers, un Robert en littérature, combien de cuistres qu'il est inutile de nommer ! Afin de ne pas être rangé tout-à-fait dans la classe de ces derniers, je n'aurai garde d'entreprendre une besogne au-dessus de mes forces, je ne mélangerai point au hasard des assaisonnemens de toute espèce ; c'est-à-dire, une dose de mots grossièrement techniques avec un assor-

timent de phrases fleuries et savamment
gastronomiques; je laisse cette tâche aux
illustres convives du Caveau moderne,
et je me contente d'apprendre aux amateurs de tous les pays, de toutes les classes, que l'art par excellence, celui qui
donne quelquefois de l'esprit aux sots,
de la bonté aux cœurs froids, et de la
gaieté aux mélancoliques; celui qui entre-
tient la force et la santé, qui fait oublier les chagrins et double les jouissances, l'art enfin de bien vivre, n'a jamais été cultivé à Paris avec plus de
succès qu'il ne l'est en ce moment.

Jadis on voyait paraître de temps à autre un grand artiste; mais il fallait que
la nature fît tout pour lui. Rien ne gui-
dait son inexpérience et ne formait son
goût que le temps, toujours si lent à pro-
duire des grands hommes! Quelques
conseils donnés par de vieux émérites,
non en bonnets carrés, mais en bonnets
de coton, étaient la seule ressource qui
leur fût offerte. Point *de lois écrites* sur
la cuisine, point *de code*, si ce n'est un
assemblage de préceptes surannés qu'on
trouvait dans la Cuisinière Bourgeoise.

Aujourd'hui vingt professeurs paraissent
à la fois, tenant leur cours de gastro-
nomie d'une main, une casserole de
l'autre ; chaque instant augmente le
nombre de leurs admirateurs et de leurs
élèves ; mais nulle part on ne rencontre
autant de talens réunis que chez les artistes précieux dont les noms suivent :

Véry.. . . . . . .⎫
Les frères Provençaux.⎬ au Palais-Royal.
Billiotte. . . . . .⎭

Beauvilliers.   . . . rue de Riche-
                     lieu.
Grignon.. . . . . . rue Neuve des
                     Petis-Champs.
Balaine. . . . . . rue   Montor-
                     gueil.
Nicole. . . . . . boulevard des
                     Italiens.
Henneveu. . . . .⎫ boulevard du
Hardivillier.   . . .⎭ Temple.

Ce sont les chefs de l'ordre de la Lar-
doire, ce qu'on appelle les gros bonnets.
Je pourrais leur adjoindre quelques sub-
alternes qui ne sont pas sans mérite ;
mais on mange chez eux à des prix mo-

dérés, au lieu que chez les premiers, sans
être doué d'une faim canine et d'une soif
anglaise, on peut faire monter son écot
depuis 9 jusqu'à 60 fr. : l'on conviendra
que c'est un grand point, et que l'amour-
propre d'un jeune homme est délicieusement flatté quand il peut dire à ses amis :
Je ne vais qu'au balcon à l'Opéra ; je ne
me fais chausser que par Ashley, ha-
biller que par Catel, et je ne mange que
chez Véry !...

Je m'abstiens de parler des traiteurs
ordinaires, parce que les affiches les
font assez connaître. On en trouve de toutes qualités, à tous prix, et dans presque
toutes les rues.

NOTE.

Nous espérions que les arrangemens relatifs à l'ouverture du Théatre de la porte Saint-Martin seraient terminés assez à temps pour que nous puissions en rendre compte, et le classer à la place qui lui convient ; c'est-à-dire, immédiatement avant les théâtres de la Gaîté et de l'Ambigu-Comique : il en a été autrement. Des discussions d'intérêt entre les propriétaires et les locataires de la salle, ont fait différer cette ouverture au-delà de l'époque où il était indispensable de mettre notre Almanach sous presse. Nous ne pouvons donc parler de ce qui est, mais seulement de ce qui existera probablement au commencement de l'année 1815.

D'après les renseignemens qu'on nous a communiqués, le théâtre de la porte Saint-Martin sera organisé de façon à mériter les suffrages du public, et à faire craindre une dangereuse rivalité à ses voisins. On y jouera, comme à la Gaieté et l'Ambigu, des mélodrames à grand spectacle, de petites comédies en un acte, des vaudevilles et des Pantomimes. Plusieurs acteurs et actrices, qui ne sont pas sans réputation, sont déjà engagés à ce spectacle, et on compte sur quelques *premiers sujets* au renouvellement de l'année théâtrale.

Les ballets seront particulièrement l'objet des soins et des dépenses de l'administration, ainsi que l'orchestre, qui doit être conduit par un maître habile. Enfin elle ne négligera rien pour que le théâtre de la porte Saint-Martin reprenne la vogue dont il a joui autrefois, et attire la même affluence de curieux.

Nous aurions désiré transmettre à nos lecteurs une décision authentique relativement à la translation de l'Opéra-Buffa au théâtre Favart ou à celui de la rue de Louvois ; mais il paraît que l'autorité ne s'est point encore prononcée à ce sujet. Tout ce qu'on peut dire de positif, c'est que l'acquisition faite par l'administration de l'Opéra-Buffa d'une cantatrice aussi distinguée que madame Mainvielle-Fédor, annonce son discernement, lui présage de nombreux succès et d'abondantes recettes.

ALMANACH

DES

PLAISIRS DE PARIS

ET

DES COMMUNES ENVIRONNANTES,

POUR L'ANNÉE 1815.

~~~~~~

PLAISIRS D'ÉTÉ.

BOIS DE BOULOGNE.

A RAISON de sa distance de Paris, cette promenade est presque exclusivement réservée au beau monde. C'est là

8

que nos élégans à cheval, et nos merveil-
leuses, dans des calèches découvertes, sont
convenus d'aller se faire admirer pendant
une heure ou deux de la soirée, lorsque
la chaleur les invite à chercher un doux
ombrage, ou que des doubles les forcent
à renoncer aux chefs-d'œuvre de Racine
et de Molière.

La pelouse du Renelagh est assez ordinairement le lieu de leur rendez-vous,
surtout depuis que quelques amateurs
se sont avisés de jouer la comédie sur
le théâtre construit en cet endroit,
et d'y rivaliser avec les Potier et les
Tiercelin. Quelquefois un bal champêtre remplace le spectacle. Des bourgeois
de Paris, des habitans des villages voisins en sont les acteurs, et se livrent à
tout l'abandon de la gaieté, tandis que
les gens à équipage, craignant de dé-
roger à leur dignité, se contentent du
rôle de simples spectateurs.

Le bois de Boulogne n'est remarquable
ni par son étendue, ni par sa distribution pittoresque ; mais la route qui y
conduit est magnifique ; ses environs
sont peuplés de maisons de campagne

qui renferment une société choisie pendant l'été ; ajoutez à cela qu'il sert de rendez-vous de chasse, et de champ clos pour les affaires d'honneur, et vous conviendrez qu'il mérite sa réputation.

Long-temps la jolie maison de plaisance, connue sous le nom de *Bagatelle*, a été ouverte au public : on y avait établi un café et un restaurant d'autant plus goûté, qu'il était très-cher ; aujourd'hui elle appartient à S. A. R. le duc de Berry ; et cet illustre châtelain continue de la rendre célèbre en y donnant des fêtes charmantes.

La promenade de Longchamp, qui a lieu les mecredi, jeudi et vendredi de la semaine-sainte, est trop connue pour que je rappelle ici son origine, ses époques brillantes et sa décadence ; mais je me livre à l'espoir, sûrement partagé par la totalité des élégans et des élégantes de la capitale, et surtout par les marchands, qu'elle reprendra cette année son ancien lustre.

La paix dont nous jouissons, la présence de nos princes chéris, et celle d'un grand nombre d'étrangers opulens, sont des circonstances si favorables, qu'il faudrait un renversement général dans les idées de la multitude, et une abnégation totale du désir de briller (chose impossible à Paris), pour que mon vœu ne fût pas accompli.

CHAMPS-ÉLYSÉES.

CETTE belle promenade, située à l'ouest de Paris, n'a qu'un seul défaut, c'est de ressembler aux lieux de la mythologie dont elle a emprunté le nom. Son étendue, sa régularité, ne font que mieux ressortir la monotonie qu'on lui reproche. De distance en distance, on y rencontre quelques cafés, quelques restaurans assez bons, et dont les prix sont modérés ; mais leur ensemble n'est ni élégant ni romantique. On convient généralement que le terrain se prête à toutes les combinaisons de l'art, et qu'avec quelques dépenses, on pourrait en faire un lieu de réunion très-agréable.

Cependant, jusqu'à ce jour, ni le Gouvernement, ni les particuliers n'ont paru
s'en occuper.

Pendant la révolution, on eut un moment le projet de convertir cette promenade en véritable Elysée, en y élevant,
aux frais de la nation, des tombeaux
pour les hommes célèbres auxquels elle
croirait devoir cette récompense ; mais
cette idée fut abandonnée, peut-être
d'après cette observation, que nous
avions tant de grands hommes, que bientôt le terrain se trouverait trop petit.

Depuis cette époque, on n'a songé à
y établir aucun monument public. Il est
vrai que la capitale offre déjà un aspect
si magnifique de ce côté, que tout projet
d'embellissement semblerait superflu.

Les Champs-Elysées ne sont guère fréquentés que par des joueurs de boule ou
de longue paume, des écoliers, des in-
valides ou des amans mélancoliques. Le
dimanche cependant, une partie du peuple va passer la soirée dans les cafés où l'on
danse, situés la plupart au carrefour dit
de l'Etoile. Quelques habitués des environs viennent aussi de temps en temps

8.

s'asseoir dans une des allées latérales, pour
voir passer les élégans qui se rendent au
bois de Boulogne ; mais leur conversation est si calme, leur contenance tellement grave, qu'ils semblent placés
là plutôt par manière de pénitence que
pour leur amusement.

Pendant le séjour des alliés à Paris,
ils avaient établi aux champs Elisées un
bivouac dont les arbres conservent encore
quelques traces. Beaucoup de curieux
et de curieuses allaient le visiter journellement. Ceux qui n'ont point vu ce
spectacle, aussi pittoresque que peu flat-
teur pour l'orgueil national, en trouveront
une esquisse très-exacte dans un joli dessin à l'*aqua tinta*, exécuté par Sauerwied,
et exposé chez tous les marchands de
gravures.

JARDINS PUBLICS.

JARDIN DES TUILERIES.

CE jardin est trop connu pour que j'entreprenne de faire sa description ; je me contenterai de dire que l'on s'accorde à le regarder comme le plus beau de l'Europe. L'ordonnance en est due au célèbre Le Nôtre ; mais, depuis la révolution, on y a exécuté un grand nombre d'embellissemens, qui consistent principalement dans la construction de deux boulingrins entourés de grilles, et enrichis de fabriques en marbre blanc ; dans l'élargissement de l'allée du milieu, qui permet de jouir d'un point de vue plus étendu, et dans l'entourage des parterres avec des grilles de fer. Il ne faut point oublier non plus les nouvelles statues dont il a été orné, et les plantations des deux terrasses latérales, qui ont parfaitement réussi.

La belle grille, aussi de construction nouvelle, qui s'étend le long de la rue de Rivoli, a été critiquée, en ce qu'elle donne passage au vent du nord, et qu'à l'époque du printemps, la promenade de la terrasse est moins agréable ; mais on ne peut nier cependant qu'elle ne soit préférable à un mur qui aurait masqué en partie la vue des maisons placées vis-à-vis.

Le palais des Tuileries, devenu le séjour de presque toute la famille royale, est digne du jardin auquel il donne son nom, et mérite l'attention des étrangers. L'architecture n'en est pas régulière ; mais elle offre une masse imposante. Sa distribution intérieure est aussi vaste que magnifique, et donne une juste idée de la puissance du souverain qui l'habite.

Le jardin des Tuileries, très-fréquenté pendant l'été, notamment le dimanche, est encore la promenade à la mode pendant les belles matinées de l'hiver ; il sert aussi de réunion, et pour ainsi dire de point de ralliement à toute la population de la capitale, lorsque des événemens importans engagent le Gouvernement à donner quelque fête publique. Alors l'illumination des parterres et du château offre un spectacle admirable, qui rappelle aux imaginations un peu ardentes tous les prestiges enchanteurs de la féerie.

JARDIN DU PALAIS-ROYAL.

Si nous vivions encore dans le temps où la mythologie était en honneur, je dirais que tous les habitans de l'Olympe ont contribué à la création du Palais-Royal, excepté la déesse de la sagesse, peut-être, qui paraît ne pas y avoir fixé son séjour ; mais en revanche Comus, Mercure, Plutus et la reine de Cythère y tiennent une cour assidue. Parcourez ces longues galeries ornées de boutiques élégantes, vous y trouverez tout ce que le luxe et l'opulence peuvent désirer de plus agréable et de plus séduisant. D'abord des magasins de nouveautés, où les marchandises sont étalées avec autant d'art que de goût; plus loin des montres de bijouteries et d'objets rares et curieux; à quelques pas de là, des restaurans justement renommés, des cafés élégans qui invitent les promeneurs à venir y réparer leurs forces. Au premier étage, vous verrez encore des lieux consacrés au dieu des festins : heureux ceux qui se bornent à son culte, et ne vont point dans le sallon voisin sacrifier à Plutus, ou, un peu plus haut, à Vénus populaire !

Ma description serait incomplète si je ne parlais de ces estaminets où, pour quelques sous, l'on vous donne une bouteille de bierre et une scène de ventriloque; de ces restaurans à 1 fr. 50 c., où l'on vous régale en même temps d'une sauce bien fade et d'une musique bien aigre. Tous ces endroits, fréquentés par les militaires, les provinciaux, les filles et les désœuvrés, ne désemplissent pas pendant la soirée et une partie de la nuit. Si j'ajoute à cette nomenclature des boutiques de tailleurs, *où l'on est servi à la minute*, des marchands de gäuffres et des opticiens, des magasins de modes et de cristaux, des billards et des cabinets de lecture, on conviendra que le Palais-Royal renferme tout ce qui est nécessaire aux besoins du corps et à ceux de l'esprit. Depuis long-temps, de profonds observateurs ont calculé que, sans sortir de son enceinte, on pouvait mener une joyeuse vie. Il y manque, à la vérité, un apothicaire et un médecin ; mais leur remarque n'en subsiste pas moins.

Le palais-Royal étant le seul endroit où l'on puisse se promener à couvert lorsqu'il pleut, réunit au moins une aussi grande affluence l'hiver que l'été. C'est le rendez-vous, non-seulement des habitans de Paris, mais de tous les étrangers qui visitent la capitale. Le voisinage de la Bourse, qui se tient dans son enceinte jusqu'à ce que le bâtiment qu'on lui destine soit achevé, contribue encore à le rendre plus animé. Cependant il y règne une tranquillité parfaite, et, grâce à une police vigilante, les tours de main des filous y sont plus rares que jamais.

On sait que, par suite d'un réglement fort sage, les prêtresses de Vénus qui ont leur temple au Palais - Royal, ne peuvent s'y promener pendant le jour; mais aussitôt que l'heure du spectacle attire le citadin dans leur voisinage, elles tendent leurs filets. Ces syrènes, moins remarquables par leur beauté que par la recherche de leur toilette, s'apercevant que la vue journalière de leurs attraits produit peu d'effet sur les habitués de la promenade, s'attachent de préférence aux étrangers, qu'elles reconnaissent avec un tact merveilleux. Deux jours après l'entrée des alliés, elles baragouinaient déjà quelques mots russes, et maintenant il en est bien peu qui ne puissent lier une conversation moitié en mauvais anglais, moitié par gestes, avec les aimables *gentlemen* si long-temps désirés par elles!

JARDIN DU LUXEMBOURG.

TRISTE et superbe Luxembourg! qu'est devenue ta gloire passée? Qu'est devenu le temps où, affranchi du joug scholastique , je parcourais en jouant tes allées si fréquentées, et aujourd'hui si solitaires? Alors tu étais le rendez-vous d'une société brillante et choisie; sous tes ombrages frais l'on voyait réunis , et le nouvelliste fameux , et l'abbé poupin , et l'officier sémillant , et la beauté coquette ; maintenant tes longues avenues , si bien sablées , offrent à peine les traces de quelques rares promeneurs; malgré ton beau bassin , tes parterres soignés , et tes superbes points de vue , tu serais aussi désert que le Jardin du Roi , ton confrère , sans le voisinage du pays latin. Grâce à quelques étudians et à quelques rentiers, à certains pédans bien froids , et à certaines Agnès bien éveillées, tu offres encore dans l'été une apparence de vie et de mouvement ; mais, dans la saison des frimas , quel abandon ! quelle solitude ! C'est bien toi qu'on peut citer comme un exemple frappant de la fragilité des grandeurs ! Que te manque-t-il pour être l'objet de l'admiration et de la faveur publique ? Rien absolument. Le palais qui te sert d'entrée et d'ornement est plus beau qu'il ne l'a

jamais été : il renferme une galerie célèbre de tableaux. La superbe avenue
percée sur le terrain des Chartreux,
d'austère mémoire, et qui te réunit à
l'Observatoire, offre une perspective admirable. Tout concourt à attirer chez toi
la foule des amateurs et des curieux ; et
cependant on te délaisse ! On se plaint
de ton ennuyeuse majesté et de ta grandeur monotone ! Ne perds point courage ;
lorsque tes arbres nouvellement plan-
tés offriront aux amans un doux ombrage, lorsqu'un restaurateur fameux
aura allumé près de toi ses fourneaux,
ou qu'un nouveau Brunet se sera établi
dans ton voisinage, tu ne tarderas pas
à reprendre la vogue que tu mérites. En
attendant, plus heureux que quelques-
uns de tes anciens hôtes,

« Pour lesquels la mémoire est un triste bienfait, »

vis de tes souvenirs ; ils ne seront pas tous
sans douceur et sans gloire.

JARDIN DU ROI,

Faubourg Saint-Victor.

Le Jardin du Roi, situé à l'extrémité de Paris, en remontant la Seine, ne jouit point de la même faveur que ceux qui se trouvent du côté opposé ; mais il la mérite au moins autant, soit par ses belles promenades, soit par la collection de plantes rares, et le riche muséum d'histoire naturelle qu'il renferme. Cet établissement, l'une des curiosités de la capitale, est ouvert les mardi et vendredi de chaque semaine. Il est composé de plusieurs galeries, où se trouvent disposées méthodiquement des collections appartenant aux trois règnes de la nature, d'une bibliothèque d'histoire naturelle, et d'un amphithéâtre, avec des laboratoires pour les cours.

Le Jardin du Roi possède en outre une ménagerie que l'on peut visiter les mardi, vendredi et dimanche, depuis deux jusqu'à sept heures du soir.

Les animaux féroces sont enfermés dans des cages garnies de barreaux de fer; mais les herbivores jouissent d'une espèce de liberté dans des parcs enclos de treillages artistement façonnés. Chaque couple peut se mettre à l'abri pendant la nuit ou les chaleurs du jour, dans de petites fabriques pittoresques, qui donnent à cette partie du jardin un aspect champêtre et animé. Les ours sont relégués dans des fosses assez profondes, où le peuple se plaît à contempler leurs jeux; mais un événement funeste, arrivé assez récemment, ferait désirer qu'on couvrît ces fosses d'un treillage en fil de fer, afin de prévenir les imprudences des curieux.

Le voisinage de la Rapée et de quelques restaurateurs qui ont établi des danses chez eux, attire au Jardin du Roi une certaine affluence le dimanche et le jeudi; mais, en général, il ne faut point s'attendre à y rencontrer les élégans du café *Tortoni*, ni les petites maîtresses de la chaussée d'Antin. *Le Baba* du Cirque Olympique les a blasées sur l'éléphant de la ménagerie ; et quant aux singes, il leur arrive assez souvent d'en voir sans sortir de chez elles.

————

JARDIN DE TIVOLI,

Rue Saint-Lazare.

CE Jardin, par sa position avantageuse, son étendue et sa distribution, est sans contredit le plus beau de ceux où l'on donne des fêtes ; aussi, malgré l'inconstance bien connue des Parisiens, il ne cesse d'attirer, pendant six mois de l'année, une société brillante et choisie. Tous les divertissemens que l'on peut désirer s'y trouvent réunis. Au premier rang, quoique le genre commence à être un peu usé, on doit mettre la danse de corde, exécutée par le fameux Saqui et ses élèves ; après viennent les jeux de balançoire, de moulinet, les tours d'adresse du célèbre Olivier, les marionnettes, les walses, etc., etc.

9.

Chaque soirée est terminée par une
pantomime pyrotechnique, ou par un brillant feu d'artifice de la composition de
Ruggieri, que l'on connaît depuis long-
temps pour exceller dans ce genre.

Lorsque le mauvais temps force la société à interrompre les jeux en plein air,
elle se retire dans une salle couverte, où
les danses recommencent avec une nouvelle activité. Ce local sert aux grands
dîners ou réunions de corps.

De temps en temps l'on donne à Tivoli
des fêtes extraordinaires; alors le prix d'entrée est porté de 3 fr. 60 c. à 5 fr.; et malgré ce taux un peu élevé pour un spectacle champêtre, la foule ne s'y porte
qu'avec plus d'empressement. C'est dans
ces sortes d'occasions que l'on voit ras-
semblées les femmes les plus jolies et
les plus élégantes de Paris. La fraîcheur
de la verdure fait ressortir celle de leur
mise, l'éclat des lumières, le prestige
de la musique, joint au parfum des
fleurs, tout concourt à les offrir à nos
yeux sous l'aspect le plus séduisant.

Je ne puis mieux terminer l'éloge du
Jardin de Tivoli qu'en disant qu'il a

constamment servi de but de promenade aux étrangers pendant leur séjour dans la capitale, et que les personnages les plus illustres l'ont, à diverses reprises, honoré de leur présence.

JARDIN TURC,

Boulevard du Temple.

DEPUIS que le Marais existe, il n'a sûrement jamais renfermé dans son sein un jardin aussi fréquenté que celui dont je fais le sujet de cet article. On ne peut disconvenir que sa proximité des petits spectacles et de quelques restaurateurs fameux ne lui soit très-avantageuse ; cependant il faut qu'un autre motif y attire la foule ; car le Jardin des Princes, situé sur la même ligne, et offrant à peu près les mêmes avantages aux promeneurs, n'a jamais pu rivaliser avec lui.

Je me suis d'abord imaginé que les rafraîchissemens y étaient meilleurs, et les prix moins élevés ; mais en lisant le tarif placardé de distance en distance, j'ai reconnu mon erreur. Peut-être, me suis-je dit, la dame du comptoir l'emporte-t-elle en attraits sur sa voisine ? J'ai consulté quelques vieux habitués, j'ai braqué ma lorgnette, et, sans vouloir m'établir juge entre Minerve et Junon, j'ai reconnu qu'il n'existait point une aussi grande différence entre leur genre de beauté qu'entre le nombre de leurs pratiques.

Il m'a donc fallu renoncer à mes conjectures, et reconnaître que là, comme en mille autres circonstances, la mode, le caprice et le hasard ont tout fait pour l'un, et fort peu pour l'autre.

Je dois dire pourtant à la louange de l'entrepreneur du Jardic Turc, qu'il a tiré tout le parti possible du terrain dont il pouvait disposer. Ponts chinois, kiosques, cabinets de verdure, allées régulières, rien n'y manque. Le soir, un grand nombre de quinquets placés devant la façade principale, permet aux curieux de contempler à l'aise les modestes beautés du Marais, tandis qu'une douce obscurité, ménagée avec art dans quelques endroits écartés, favorise le tendre tête-à-tête de l'élégante de la chaussée d'Antin.

Il est bon de remarquer que la société du jardin diffère totalement de celle de l'intérieur du café. L'une se promène, critique en riant, consomme et disparaît; l'autre reste immobile devant un jeu d'échecs, juge avec circonspection un coup de dames ou de billard, lit la gazette, et ne prend rien.

Cela me dispense d'ajouter que l'entrée du Jardin Turc est gratuite. On n'exige qu'une mise décente.

JARDIN DES PRINCES,

Boulevard du Temple.

J'AI déjà dit plus haut que ce jardin, tout en réunissant les mêmes avantages que le Jardin Turc, n'avait pu jusqu'à présent obtenir la même faveur auprès du public : il cherche à se dédommager de la solitude à laquelle il est condamné pendant la belle saison, en attirant l'hiver

les danseurs du quartier dans un bal
connu sous le nom de *Bal de Paphos.*
J'en parlerai plus tard ; en attendant, je
dois faire remarquer que si l'entrepreneur du Jardin des Princes ne peut cap-
tiver le suffrage des habitans de la capitale, ce n'est ni faute de soins, ni faute
de dépenses. Ce local est parfaitement
tenu, les rafraîchissemens y sont aussi
bons que partout ailleurs, et depuis l'été
dernier, on y voit une troupe de danseurs qui fait ses exercices sur un théâtre
élevé *ad hoc.* Cette dépense, qui a né-
cessité celle de quelques musiciens, mé-
riterait un peu de reconnaissance de
la part du public, auquel il est permis
d'en jouir gratis ; mais, en sa qualité
de souverain, on peut le traiter d'illustre
ingrat, ou, avec autant de raison, le
comparer à une coquette capricieuse
qui prodigue ses faveurs sans trop de discernement ni de choix.

JARDIN DES MARRONNIERS,

Faubourg du Temple.

CET endroit, consacré aux plaisirs de la classe ouvrière, attire d'autant plus de monde, que l'entrée en est aussi gratuite. Du reste, on n'y trouve rien d'extraordinaire, ni qui mérite d'exciter l'attention des curieux. Le jardin, assez vaste, est monotone, et ne renferme aucune espèce d'ornement Un orchestre construit au milieu de l'allée principale est la seule chose qui indique une réunion habituelle.

On pourrait s'étonner que l'entrepreneur eût sacrifié au public un terrain d'une grande étendue, et situé dans un faubourg populeux, si l'on ne savait qu'il retire une rétribution assez forte de la danse : en y ajoutant la consommation des rafraîchissemens, on jugera qu'il ne doit point avoir de peine à couvrir ses frais. Cependant le voisinage de la barrière, au dehors de laquelle le vin se paye beaucoup moins cher, contribue à diminuer ses bénéfices.

Des militaires, des femmes de chambre, auxquelles il faut joindre quelques petites marchandes, et un bon nombre de nymphes galantes d'un rang subalterne, forment la société habituelle du Jardin des Marronniers.

JARDIN DE LA CHAUMIÈRE,

Boulevard du Mont-Parnasse.

Ce Jardin n'a aucune concurrence à craindre dans le quartier où il est établi; il est le seul de son espèce, et, je crois, l'un des premiers qui aient été consacrés aux plaisirs du public. Son étendue n'est pas considérable; mais il est bien distribué, et offre tous les amusemens que l'on peut désirer dans ces sortes d'endroits. L'on y trouve des balançoires, des jeux de bague, un orchestre bien composé, et un restaurateur qui n'est pas sans mérite.

Les personnes qui vont commander un repas chez lui, ont leur entrée gratuite dans le jardin; les autres payent 75 centimes.

Les bals de la Chaumière commencent ordinairement après Pâques, et continuent jusqu'à la fin de la belle saison.

La société qui s'y rassemble se compose de bourgeois et de marchands du faubourg Saint-Germain; quelquefois des élégans des autres quartiers s'y rendent en partie fine, afin de jouir des privilèges de l'*incognito*.

BOULEVARDS.

CETTE promenade, qui de jour en jour obtient plus de faveur de la part du public, était presque totalement négligée avant la révolution. Le voisinage des petits spectacles attirait quelques curieux.

sur le boulevard du Temple, notamment
le jeudi, jour spécialement consacré aux
promenades en voiture ; mais tous les
autres étaient déserts. Aujourd'hui ,
grâce aux boutiques élégantes, aux spectacles et aux curiosités de toute espèce
dont ils sont ornés, on y voit une affluence continuelle. Par une prédilection
difficile à expliquer , les promeneurs ont
adopté les deux boulevards les plus dés-
agréables, celui des Italiens et celui du
Panorama ; sur l'un et sur l'autre, on
ne jouit d'aucun ombrage ; on est étourdi
par le bruit continuel des voitures, et
assailli par des nuées de filles , de men-
dians ou de fumeurs : le dernier a, de
plus, le désavantage d'entretenir dans son
voisinage des exhalaisons fétides ; n'importe , la mode , ordinairement si in-
constante , s'obstine à leur donner la
vogue, et le public va s'y étouffer chaque soir. Par un semblable caprice, le
café Tortoni, où tout est bon à la vérité, mais où l'on respire à peine, rassemble la société la plus brillante, et
fait d'abondantes recettes , tandis que

ses voisins, aussi bien situés, et plus
commodes, languissent dans un cruel
abandon.

De quelque côté que l'on porte ses pas
sur le boulevard, on est certain d'y rencontrer des objets variés et amusans. En partant de la porte Saint-Honoré, on jouit
d'abord du beau coup-d'œil de la rue de
la Paix et de la place Vendôme; un peu
plus loin s'offre à la vue le boulevard des
Italiens, remarquable par ses Bains Chinois, ses nombreux cafés, un excellent
restaurant, et une des plus jolies salles
de spectacle de Paris; à deux pas de là
on se trouve sur le boulevard du Panorama, qui doit une égale illustration au
passage de ce nom et au célèbre théâtre
des Variétés. En continuant de marcher
devant soi à travers deux rangées de
superbes maisons, on arrive à la porte
Saint-Denis, l'un des plus beaux monumens de la capitale. Sur le boulevard
suivant, la porte et le théâtre Saint-
Martin réclament votre attention. Si vous
avancez encore un peu, le doux mur-
mure de l'onde vous invite à vous asseoir
devant le Château-d'Eau du boulevard

Bondy. Après y avoir réparé vos forces, vous gagnez bientôt le boulevard du Temple, où de nouvelles scènes et de nouveaux plaisirs vous attendent. A gauche, ce sont des spectacles en plein air, des cabinets de curiosités, de physique et de fantasmagorie, des animaux rares, tant bipèdes que quadrupèdes ou marins; à droite, des jardins enchanteurs, un restaurant fameux; ajoutez à cela des cafés où l'on chante, des estaminets où l'on danse, et vous serez tenté de borner votre course : mais non; il ne vous reste plus qu'un court espace à franchir pour voir la Place-Royale, où l'on s'amusait tant autrefois, et celle de la Bastille, où l'on s'amusait si peu. Allez méditer au milieu de l'une et de l'autre, et, en pensant aux révolutions qu'apporte un siècle dans la destinée des hommes et des choses, vous rentrerez chez vous avec une jolie dose de philosophie, probablement un bon appétit, et surtout un grand besoin de vous reposer; car je me trompe fort, ou vous aurez parcouru à peu près le tiers de la circonférence de Paris.

COURSES DE CHEVAUX.

ELLES ont lieu au Champ-de-Mars, et l'on conviendra qu'aucun emplacement ne pouvait être mieux choisi.

Les courses préparatoires, dans lesquelles les chevaux, pour être admis à concourir, sont tenus de franchir un certain espace dans un temps donné, se font ordinairement le 8 septembre, et les courses pour le prix de 1200 fr. ont lieu le 11 et le 12 du même mois. Deux ou trois jours après, si le temps ne s'y oppose, les chevaux vainqueurs à Paris courent avec ceux des départemens pour disputer le prix de 2000 fr. ; et le dimanche suivant, les uns et les autres entrent encore en lice pour le grand prix de 4000 fr. Les chevaux et jumens destinés à courir doivent être d'origine française.

Lorsque le signal est donné, chaque concurrent s'élance dans l'arène, et il est rare que le vainqueur emploie plus de quatre à cinq minutes à parcourir

10.

deux fois la circonférence du Champ-
de-Mars, évaluée à mille huit cents
toises.

Ces courses, qui commencent à obtenir beaucoup de faveur en France, ont
pour spectateurs presque tous les habitans de la capitale.

L'année dernière, elles ont été hono-
rées de la présence d'une partie de la
famille royale, et d'un grand nombre
d'Anglais de marque, qui ont paru ne
pas en être mécontens.

Au moyen des précautions prises par
la police et les ordonnateurs des courses,
il arrive peu d'accidens : on doit cependant recommander aux curieux de ne
point y amener de chiens, qui en sont
presque toujours la cause.

REVUES.

ELLES ont lieu également au Champ-
de-Mars, qui, par son nom, paraît leur
être spécialement consacré. Lorsque les
troupes sont en petit nombre, elles manœu-

vrent quelquefois aux Champs-Elisées. Quant aux exercices à feu, ils s'exécutent presque toujours dans la plaine de Grenelle.

Les Français, belliqueux par caractère, aiment les jeux de Mars : aussi les revues, lorsque le temps les favorise, ont-elles de nombreux spectateurs.

Là, plus que partout ailleurs, on peut remarquer combien notre nation est propre à la guerre. Au bout de quelques semaines d'exercices, le paysan, jusqu'alors courbé sur sa charrue, le citadin, occupé exclusivement des affaires de son comptoir, déploient une célérité, un à-plomb qui les font comparer à de vieux soldats.

Toute la capitale a été témoin ou a entendu parler de ces belles revues qui avaient lieu chaque année dans la plaine des Sablons : j'ignore si elles s'exécuteront à l'avenir au même endroit ; mais il paraît certain que, lorsque la maison du Roi sera entièrement montée et suffisamment exercée, ce magnifique spectacle sera ajouté à tous ceux dont les heureux Parisiens ont presque journellement la jouissance.

COMBAT DU TAUREAU,

Barrière du Combat.

CE spectacle, qu'il ne faut point con-
fondre avec celui qui fait les délices de
nos voisins les Espagnols, n'est guère
fréquenté que par des gens du peuple,
et notamment par les bouchers et les
blanchisseurs, qui vont y exercer leurs
chiens. Après une lutte plus ou moins
longue entre ces animaux, on voit paraître un ours auquel on a eu soin de
limer les dents, et quelquefois un tau-
reau dont on a scié les cornes. La soirée est terminée par un feu d'artifice au
milieu duquel un bouldogue se laisse
enlever à une certaine hauteur sans lâ-
cher une corde qu'il tient avec sa gueule.
Je n'ai pas besoin de dire que l'amphithéâtre où sont placés les spectateurs
ne ressemble en rien aux arènes des Ro-
mains. C'est un assemblage de mauvaises planches où l'on serait à peine

en sûreté, si les animaux qui entrent en lice n'étaient à demi civilisés.

Ce spectacle a lieu, pendant l'été, les fêtes et dimanches.

CATACOMBES,

OU CARRIÈRES SOUS PARIS.

Si quelques épilogueurs me déclarent la guerre pour avoir rangé la vue ou la promenade des Catacombes au nombre des plaisirs de Paris, je leur rappellerai que chacun a son goût; que tel fait ses délices de Talma, tel autre de Brunet; que celui-ci met son bonheur à se montrer aux boulevards, au bois de Boulogne dans une élégante calèche, tandis que le goutteux, son voisin, borne toute son ambition à parcourir pédestrement la longueur du Palais-Royal. J'ajouterai que si une visite aux Catacombes n'est ni gaie, ni amusante, du moins elle est curieuse et philosophique. Demandez à

quelque nouvel *Young* , échappé des
bords de la Tamise , si de longues galeries , meublées de deux ou trois millions
de squelettes artistement rangés , et ornées de distance en distance de vers ,
épigrammes , moralités , etc. , en toutes
sortes de langues , ne présentent pas un
coup-d'œil plus satisfaisant que ces sociétés vivantes où l'on ne voit que des figures plus ou moins insignifiantes , où l'on
n'entend que des discours plus ou moins
saugrenus; il vous répondra que dans la
ville d'en haut tout est bruit , confusion , désordre , mésintelligence ; que
dans celle d'en bas tout annonce l'ordre,
la paix , la tranquillité ; là , le plaideur
gît à côté de son juge , l'usurier à côté
de son débiteur , le mari près de sa moitié , et la beauté près de sa rivale , sans
qu'une plainte , un seul mot troublent
leur repos. Concluons donc que les carrières sous Paris méritent de tenir leur
place parmi les nombreuses curiosités de
cette ville , et que , lorsqu'on ne peut
aller visiter les Catacombes de Rome ,
incomparablement plus grandes , mais
moins bien ornées que les nôtres , ni

celles de Naples, presque entièrement comblées, celles que nous possédons suffisent pour procurer un agréable passe-temps.

Si l'on en doute, que l'on prenne au hasard l'un des ouvrages de madame de S***, et l'on verra que le bonheur par excellence consiste dans des rêveries profondes et mélancoliques. Les Catacombes les font naître et les entretiennent ; aussi je m'empresse d'en recommander la promenade aux amateurs du genre romantique.

Ils pourront en jouir en s'adressant à M. Héricart de Thury, ingénieur et inspecteur en chef des mines, homme aussi honnête qu'instruit, qui demeure rue Sainte-Catherine Saint-Michel, n° 1.

FÊTES PUBLIQUES.

Il n'existe aucune ville en Europe où les fêtes publiques puissent avoir un développement aussi magnifique qu'à Paris. Soit qu'elles aient lieu au Champ-de-Mars, soit que les boulevards oul es Champs-Elisées leur servent de théâtre, l'immense population de la capitale peut jouir sans peine et sans danger de leur ensemble et de leurs moindres détails.

Dans le jour, le voisinage de la rivière et des Champs-Elisées permet aux ordonnateurs des fêtes de les varier à l'infini. Là, ce sont des joûtes, des courses sur l'eau; ici, des danses, des spectacles en plein air; des mâts de cocagne; plus loin, des amphithéâtres chargés de comestibles que l'on distribue au peuple. Le soir, les différens théâtres de la capitale lui sont ouverts, et il va y écouter avec ravissement les beaux vers déclamés par Talma, ou les lazzis débités par Brunet. A peine la toile est elle baissée, qu'il se précipite en foule vers les Tuileries, ou de nouveaux plaisirs l'attendent.

J'ai déjà dit que le superbe palais qui en fait l'ornement se prêtait à un effet d'illumination qui ne se rencontrait nulle part : si on y ajoute la masse de feu produite par l'illumination des parterres et de la grande allée, par celles des bâtimens du garde-meuble et du palais Bourbon, on conviendra que rien ne peut l'emporter sur la beauté de ce spectacle.

A un signal convenu, des fusées partent du pont Louis XVI, et annoncent le commencement d'un brillant feu d'artifice. Le peuple, groupé sur les quais, sur la place Louis XV et dans le jardin des Tuileries, le contemple de là à son aise, tandis que lui-même il sert de spectacle à l'observateur philosophe, qui s'étonne et se félicite de ce que, grâce aux soins d'une police vigilante, une aussi grande réunion d'habitans puisse se presser, se croiser en tous sens et regagner ses foyers sans tumulte et sans accident.

Sous le gouvernement de Buonaparte, par un calcul aussi absurde que mal entendu, on avait fixé la célébration d'un grand nombre de fêtes publiques dans la plus mauvaise saison de l'année. Q'arrivait-il? Le peuple, transi de froid, et ayant les pieds dans la boue, s'amusait médiocrement, rentrait chez lui de mauvaise humeur : l'entrepreneur seul, voyant ses lampions éteints par le vent ou la pluie, s'applaudissait de ce choix ridicule.

Aujourd'hui nous n'avons plus à craindre ces fausses mesures de l'administration ; nos plus belles fêtes auront lieu dans l'été, et, parmi elles, aucune ne sera célébrée avec plus d'enthousiasme que celles du 3 mai et du 25 août.

BAINS.

QUELLE est la personne qui ne compte l'usage des bains au nombre des plaisirs les plus doux, et en même temps les plus salutaires ? Sans parler des cas où on les prend comme remèdes, n'est-il pas reconnu que rien ne peut les remplacer après un long voyage, un travail extraordinaire ou une veille forcée ?

Jouissons donc de leurs effets, si favorables à la santé, au calme de l'esprit et à la propreté du corps. Nous n'avons pour cela qu'à choisir : chaque quartier offre des bains plus ou moins commodes, plus ou moins élégans, et tous d'un prix modéré.

Les premiers, sans contredit, sont ceux.de Tivoli. La beauté du local, les formes variées sous lequelles on les administre, en ont fait depuis long-temps le rendez-vous de la meilleure compagnie.

Après viennent les bains d'Albert, situés jadis sur le quai d'Orsay, et aujourd'hui au coin de la rue de Belle-Chasse. Leur prix varie ainsi que celui des précédens, d'après leur complication et la quantité de linge qu'on y emploie.

Je nommerai immédiatement après les bains Chinois, sur le boulevard des Italiens;

Les bains Montesquieu, dans la rue du même nom;

Les bains Turcs, rue du Temple;

Les bains du Wauxhall, boulevard Bondy;

Les bains Saint-Sauveur, rue Saint-Denis,

Et enfin les bains Vigier, sur la rivière, qui sont trop connus pour que j'en fasse la description.

Les prix sont les mêmes à peu près ;
c'est-à-dire de 25 à 30 sous , excepté les
bains Chinois , qui se payent 3 fr.

La devise de tous est propreté , célérité , complaisance et honnêteté.

Les personnes qui veulent se reposer
après le bain ou réparer leurs forces ,
trouvent , dans la plupart , des lits et des
rafraîchissemens de toute espèce.

Je ne dois point passer sous silence les
bains froids de rivière , que l'on prend
sans aucun risque , et à peu de frais ,
à l'Ecole de Natation , près le pont
Louis XVI.

Cet établissement , ouvert au public à
compter du mois de mai , réunit la commodité , la propreté et la décence.

Les jeunes gens , encore novices dans
l'art de la natation , peuvent s'y perfection-
ner en peu de temps ; les autres , sans être
obligés de s'éloigner de leurs affaires , et de
perdre un temps précieux , viennent y déployer leur adresse ou fortifier leur santé.

On peut s'abonner pour toute la saison , pour un mois , ou payer par cachet ,
qui est de 75 centimes.

RUES ET ENSEIGNES.

Il existe à Paris une classe nombreuse d'individus qui marchent sans but, agissent sans projets déterminés, s'arrêtent sans raison, et regardent sans motif. Pour eux, le chien qui saute un ruisseau, ou le chat qui court sur le toit, est un spectacle, la rue la plus étroite une promenade, et l'arrivée de la Vénus hottentote un événement. Je les ai seuls en vue en faisant cet article; je prétends flatter leur manie, et fournir de nouveaux objets à leurs observations journalières.

Paris leur est bien connu; mais tous les jours cette ville célèbre change de physionomie : à la place d'un bureau de loterie paraît un bureau de prêt, dans le sallon d'un restaurateur s'établit un apothicaire, et dans le magasin même d'une marchande de modes vient se loger une sage-femme. Je veux les encourager à se tenir au courant de ces diverses métamorphoses. S'ils ne recueillent pas

11.

des notions assez exactes pour faire un
traité complet de statistique, ils enten-
dront du moins par-ci par-là quelque
commérage, quelque anecdote scanda-
leuse dont ils amuseront les oisifs séden-
taires. Ils apprendront, par exemple, que
M. ***, qui a fait faire une devanture de
boutique de 1000 écus, doit trois termes
de son loyer; que madame D***, qui a
payé son enseigne 1500 fr., n'a pas pour
25 louis de marchandises dans ses car-
tons, et que sa voisine, hors d'état de
mettre le même prix à la sienne, s'est
arrangée à l'amiable avec son jeune
peintre.... Mais, au moment où j'écris,
ces braves gens ont déjà de quoi alimenter leur insatiable curiosité; le luxe
des boutiques augmente, les enseignes
se multiplient dans toutes les rues, et il
suffira bientôt de s'y promener le matin, et d'aller le soir au théâtre du Vaudeville, ou à l'Ambigu, pour apprendre
à connaître tous les personnages célèbres
et les événemens fameux.

FÊTES CHAMPÊTRES.

FÊTE DE SCEAUX.

Juin.

SCEAUX-PENTHIÈVRE a offert de tout temps aux personnes qui aiment la campagne, un séjour aussi salubre qu'agréable, tant par la pureté de l'air et des eaux, que par les sites variés et pittoresques des environs. Les peintres de paysages les ont souvent reproduits dans leurs tableaux, et viennent encore y chercher des sujets d'étude.

Il existe à Sceaux un bal justement célèbre, et qui attire constamment une société nombreuse et choisie. Il a lieu tous les dimanches depuis le 1er mai jusqu'au 1er novembre, dans le parc de la ménagerie, dont les parterres sont cultivés avec beaucoup de recherche.

On doit cet établissement aux soins et
au désintéressement de quelques propriétaires du pays qui ont fait l'acquisition
du local, avec la louable intention de le
consacrer entièrement à l'agrément du
public. La vaste rotonde où l'on se rassemble est construite sur le modèle le
plus élégant, et éclairée par un grand
nombre de lumières qui lui donnent
l'aspect d'un lieu enchanté.

A quatre époques de la belle saison
(le jour de la Pentecôte, le jour de la
saint Jean, fête patronale de Sceaux,
le dimanche qui suit, et le jour de la
saint Louis), l'entrepreneur du bal donne
des fêtes foraines à l'instar de celles de Tivoli. Dans ces occasions, le parc réunit
des jeux de toute espèce ; la musique est
doublée, ainsi que l'illumination, et la
fête se termine par un beau feu d'artifice. L'ordre le plus parfait règne dans
ces fêtes. Monsieur le maire de Sceaux
et le commandant de la gendarmerie se
prêtent un mutuel appui pour parvenir
à ce but.

Un excellent restaurateur et deux limonadiers logés dans les bâtimens dépen-

dans du parc, fournissent aux étrangers tous les objets qu'ils peuvent désirer.

A une petite distance de Sceaux, les bois de Verrières et d'Aulnay offrent encore des promenades charmantes que les curieux ne se lassent pas de visiter. Après y avoir erré dans la journée, et fait sur l'herbe un repas champêtre, on revient le soir à Sceaux pour jouir des plaisirs du bal, qui ne finit guère qu'à onze heures. Alors la route de Paris se couvre de nombreuses cavalcades, d'équipages élégans et de modestes piétons qui se disputent à l'envi le terrain, afin de hâter le moment où chacun doit oublier dans les bras de Morphée les fatigues et la chaleur du jour.

Les voitures de Sceaux sont stationnées rue d'Enfer.

———

FÊTE DE NOGENT-SUR-MARNE.

Juin.

ELLE commence le jour de la Pentecôte, et dure pendant trois jours consécutifs. La situation du village de .Nogent, et la proximité du bois de Vincennes, la rendent très-agréable. Comme celle de ce dernier endroit, elle offre une réunion de danses, de jeux et de divertissemens de toute espèce. On y distribue aussi un prix de l'arc, et un prix pour le tir au fusil.

La fête a lieu sur une hauteur d'où l'on découvre une multitude de villages et de maisons de campagne qui forment une perspective charmante. Au milieu de la côte, on distingue encore les restes du château *de Beauté*, habité jadis par Agnès Sorel, et visité quelquefois par Charles VII, son royal amant.

L'on trouve à Nogent plusieurs bons traiteurs. Le plus renommé est le sieur Rameau, qui, par sa gaieté et ses facéties, a le talent d'attirer chez lui un grand nombre de pratiques.

Les voitures qui conduisent à Nogent sont les mêmes que celles qui vont à Vincennes. On les prend à la porte Saint-Antoine.

FÊTE DE MEUDON.

Juillet.

CETTE fête, qui a lieu le premier et le second dimanche après le 4 juillet, jour de la translation de saint Martin, patron du village, attire une grande affluence de curieux. Il ne faut point s'en étonner : outre un château royal, entièrement réparé, et meublé à neuf, que les étrangers et les sociétés honnêtes peuvent visiter lorsqu'il n'est pas habité, Meudon possède un parc délicieux et des promenades que Delille a illustrées par ses chants. De la terrasse du château, ornée récemment de plantations agréables, l'on découvre un des plus beaux points de vue de la France.

Tout ce qui peut embellir une fête champêtre se trouve réuni à Meudon : les danses, les jeux, les marchands forains y abondent, ainsi que les traiteurs, parmi lesquels on distingue les sieurs Regnault et Ganneron , dans le village , et le sieur Boisselet au petit Tivoli. Ce dernier endroit renferme des salles de danse et un charmant jardin anglais, d'où l'on voit le spectacle magnifique de la capitale, le cours sinueux de la Seine, et le paysage immense qu'elle féconde de ses eaux.

Quoique les deux dimanches après le 4 Juillet , et notamment le dernier , soient indiqués aux amateurs comme offrant une plus grande réunion, il ne faut pas croire que Meudon soit désert pendant le reste de la belle saison ; les Parisiens et les habitans des environs y viennent journellement pour jouir de son air pur, de ses promenades romantiques ; et si l'élévation du site leur cause un peu de fatigue avant d'y arriver, ils en sont bien dédommagés par tous les agrémens que leur offre un lieu jugé digne, depuis long-temps, d'être habité par nos princes.

Les voitures pour Meudon se trouvent à la place Louis XV.

FÊTE DE MONTMORENCY.

Juillet.

LA fête de Montmorency tient le premier rang parmi celles des environs de Paris. Elle attire autant de monde que celles de Versailles, de Saint-Cloud, de Saint-Germain et de Vincennes, et, la plupart du temps, la société y est mieux composée. Il faut attribuer cet avantage, moins à la beauté du lieu, aux amusemens divers qu'on y trouve, qu'au grand nombre de familles riches et distinguées qui habitent pendant l'été la belle vallée de Montmorency. A l'époque de la fête, elles se rendent à pied, ou dans de jolies calèches, à l'entrée du bois ou elle se tient; et cette foule de femmes élégantes, d'hommes de bon ton, mêlée à celle qui arrive de Paris, forme la réunion la plus agréable.

Montmorency renferme un superbe château, un parc délicieux, et des sources

12

d'eau abondantes ; mais tous ces objets, quelque curieux qu'ils soient, attirent moins d'amateurs que le modeste *hermitage* habité jadis par Rousseau et Gretry. Il est peu d'étrangers qui n'aient fait exprès le voyage de Montmorency pour voir la maisonnette illustrée par ces deux hommes célèbres. Le dessin et la gravure ont étendu sa renommée ; et cependant, malgré la modicité de son prix, il ne s'est présenté aucun adjudicataire lorsqu'elle a été mise en vente : faut-il en conclure que la maison est trop petite, ou que les noms de ceux qui l'ont occupée sont trop grands pour qu'un nom vulgaire vienne s'y accoler ? Je ne puis le croire : l'habitation est peu vaste, mais commode, et nous avons tant d'artistes qui ne manquent pas d'amour-propre !....

Le bois de Montmorency, planté sur un terrain inégal, est on ne peut plus agréable : il est tellement rempli de curieux le jour de la Madelaine, fête patronale de Montmorency, et les deux dimanches suivans, que l'on se croirait dans un jardin public de Paris. L'on y

trouve des jeux, des danses et des rafraîchissemens de toute espèce, et le village renferme plusieurs bons traiteurs.
Parmi eux l'on distingue celui qui a
l'enseigne *du Cheval blanc*, ouvrage fait
en badinant par le célèbre Isabey, et un
de ses amis, non moins connu par ses
talens.

Les voitures pour Montmorency se
trouvent à la porte Saint - Denis et à
la porte Saint-Martin.

FÊTE DE ROMAINVILLE.

31 *Juillet.*

Le bois de Romainville est tellement
connu et fréquenté par les habitans de
Paris et des environs, qu'il est inutile
de vanter les agrémens de ce charmant
endroit.

Pendant la belle saison, il attire constamment les amateurs de plaisirs champêtres ; ensorte qu'on peut dire que la
fête dure tout l'été. Celle de saint Ger-

main, patron du village, est célébrée avec pompe le 31 juillet.

Les dimanches et fêtes, depuis Pâques jusqu'à la Toussaint, le bois, la route et les salles de danse ne désemplissent pas. Un grand nombre de traiteurs établis dans le village, fournissent abondamment aux piétons et aux personnes à équipage tout ce qui peut flatter leur appétit et leur sensualité.

Romainville renferme beaucoup de jolies maisons de campagne et de jardins curieux.

On remarque, entre autres, celle appelée *le Moulin de Romainville*, appartenant à M. le général comte de Valence.

C'est de Romainville que les alliés dirigèrent, le 29 mars, leur principal point d'attaque contre Paris, et c'est à la colonne partie de cet endroit que nos troupes opposèrent la plus vive résistance. Romainville souffrit beaucoup en cette occasion; mais déjà les habitans ont oublié les calamités inséparables de la guerre; et l'écho de leur bois, qui retentissait jadis du bruit de la foudre, ne répète plus que le son joyeux du galoubet et du tambourin.

Les voitures pour Romainville se trouvent à la porte Saint-Denis et à la porte Saint-Martin.

FÊTE DES PRÉS SAINT-GERVAIS.

Août.

LES Prés Saint-Gervais partagent la vogue de Romainville, dont ils ne sont qu'à une petite distance. La beauté du site, la variété de ses productions, et surtout le grand nombre de guinguettes que l'on y rencontre, attirent en cet endroit, les dimanches et fêtes, une foule de bourgeois et d'ouvriers, d'autant plus disposés à renouveler leur pèlerinage, qu'ils n'ont pas besoin de voiture pour s'y rendre, et qu'ils y trouvent du vin à bon compte.

Le territoire des Prés Saint-Gervais étant couvert d'arbres fruitiers de toute espèce, on y voit aussi affluer un grand nombre d'écoliers qui obtiennent la liberté d'exploiter un certain nombre de cérisiers et de groiseilliers pour une somme assez modique.

Plusieurs traiteurs ont pratiqué chez eux des salles de danse sous le feuillage : comme celles de Romainville , elles se remplissent alternativement de buveurs et de danseurs qui oublient, au milieu des plaisirs du dimanche , les fatigues et les privations de toute la semaine.

La fête patronale est célébrée le premier dimanche d'août.

On s'y rend aussi avec les voitures stationnées à la porte Saint-Denis et à la porte Saint-Martin.

FÊTE DU PONT SAINT-MAUR.

Août.

LA fête du Pont Saint-Maur, comme toutes celles qui avoisinent le bois de Vincennes, attire un grand concours de curieux ; comme elles aussi , elle offre une grande variété de plaisirs champêtres.

La situation du village est admirable ; appuyé sur une colline , il voit couler à ses pieds la Marne , couverte et animée par une multitude de petites îles et de barques légères. Aux beautés de la nature se joignent encore celles de l'art : un canal percé avec audace dans la profondeur de la montagne , doit faciliter et abréger bientôt les communications entre cette rivière et la Seine : la vue des travaux qu'il nécessite mérite seule qu'on fasse le voyage du Pont – Saint-Maur. Tout le pays qui entoure ce village est peuplé de jolies maisons de campagne , dont les habitans concourent à l'embellissement de la fête. Elle tombe le 10 août , jour de saint Laurent ; mais on la célèbre le dimanche qui est le plus près de cette fête.

De nombreux traiteurs , parmi lesquels on remarque les sieurs Mathieu , Torins et Besançon, offrent en tout temps aux amateurs les productions les plus recherchées d'un sol fertile et varié.

La beauté de la route qui conduit au

Pont Saint-Maur, l'agrément de sa situation, et les travaux importans qu'on y exécute, ont procuré plusieurs fois à ses habitans le bonheur de saluer de leurs acclamations le meilleur des souverains, Louis-le-Désiré.

Les voitures pour le Pont Saint-Maur se trouvent à la porte Saint-Antoine.

FÊTE D'AUTEUIL.

Août.

AUTEUIL est un village agréable, situé sur une éminence entre le bois de Boulogne et la grande route de Paris à Versailles. On y voit de fort jolies maisons de campagne, dont quelques-unes ont été habitées par les hommes de lettres les plus célèbres, tels que Boileau, Molière, La Fontaine, Helvetius, Francklin, Condorcet, etc., etc.

Sur la place qui est devant l'église, on remarque une pyramide élevée en mémoire de Henri - François Daguesseau, chancelier de France, et l'un des plus grands hommes que la magistrature ait comptés dans son sein.

La charmante position d'Auteuil, presque sur le bord de la Seine, qu'elle domine, et à l'entrée du bois de Boulogne qui forme une partie de son territoire, est cause que ce village est un des mieux habités des environs de Paris.

Pendant la belle saison, les particuliers aisés qui y font leur séjour, se mêlent, le dimanche, aux étrangers qui viennent de Paris, et forment, à l'entrée du bois, des danses aussi agréables que bien composées.

Le jour de la fête patronale (le 15 août, et le dimanche suivant), des marchands et des jeux de toute espèce s'établissent sur la pelouse d'Auteuil, et augmentent les agrémens de ce joli endroit. Le bal se prolonge bien avant dans la soirée, et un beau feu d'artifice le termine ordinairement. A la grille du bois, l'on trouve un bon traiteur, pourvu de toutes sortes de mets et de rafraîchissemens.

On peut aller en fiacre jusqu'à la barrière, et de là se rendre à pied à Auteuil : si l'on craint la fatigue de la route, on se procure des voitures pour un prix très-modique à la place Louis XV.

FÊTE DE VINCENNES.

15 *Août.*

ELLE attire tous les ans une foule prodigieuse, le 15 août, jour de l'Assomption, et le dimanche suivant. La beauté de la route qui y conduit, l'agrément du lieu où elle se tient, la rendent une des plus suivies des environs de Paris. Quoique le bois de Vincennes ait perdu beaucoup de son charme et de sa fraîcheur depuis qu'il a été dévasté par des mains révolutionnaires, il offre encore une promenade très-agréable. Le terrible donjon qui naguère frappait l'âme de pitié et d'effroi, n'est plus considéré maintenant que comme un édifice pittoresque, propre à inspirer le talent du poëte et celui du dessinateur. Ses ca-

chots sont déserts, ses chaînes sont rouil-
lées, et le Parisien qui se rend à la fête
de Vincennes, peut se livrer aux trans-
ports de la joie sans que ses cris bruyans
insultent aux sanglots de la douleur.

Cette fête dure plusieurs jours, pendant lesquels des marchands de toute
espèce, et des saltimbanques, viennent s'é-
tablir dans la grande cour du château,
et sur la vaste pelouse qui se trouve vis-à-
vis. C'est au même endroit que les che-
valiers de l'arc se disputent le prix de
l'adresse, qui consiste en plusieurs pièces
d'argenterie. Il y en a un autre pour le
tir au fusil. Un programme répandu
plusieurs jours d'avance annonce quelles
sont les conditions exigées des concurrens.

Les danses sont très-animées, et il
n'est pas rare de voir des petites maîtresses de la capitale y prendre part.

A la grille du bois, du côté de Paris,
on trouve un très-bon traiteur, qui peut
satisfaire les compagnies les plus délicates. Pour la foule des amateurs, il
existe dans le village, et auprès des

danses, des marchands de comestibles et de toutes sortes de rafraîchissemens.

Les voitures qui conduisent à Vincennes sont stationnées à la porte Saint Antoine, ou rue du Pas-de-la-Mule. Elles partent à toute heure, et le prix en est très-modique.

Paris était occupé depuis plusieurs jours par les Alliés, et Vincennes tenait encore. On expliquait diversement la défense du major Daumesnil. Enfin il fut reconnu que ce brave militaire ne voulait remettre qu'au Roi ou à son lieutenant la place importante et le précieux dépôt d'artillerie qui lui étaient confiés. Dès qu'il put traiter avec des autorités françaises, il s'empressa de se ranger sous l'étendard des Bourbons.

FÊTE DE VILLEDAVRÉ.

Août.

LA situation de ce village au milieu d'un bois qui communique à Saint-Cloud,

en rend la fête très-agréable. Les habitans de ce dernier endroit , ainsi que
ceux de Versailles et de Paris, s'y portent
en foule le dimanche après l'Assomption , jour où on la célèbre. Villedavré
renferme un beau château, bâti à la moderne, et un parc distribué d'une manière très-pittoresque. Il appartenait jadis à M. Thierry , premier valet de
chambre du Roi , qui en avait fait un
séjour délicieux ; aujourd'hui c'est la
propriété de M. Boulard, notaire. On y
voit de belles eaux , et un grand nombre
de plantes étrangères.

Il y a encore dans ce village plusieurs
jolies maisons de campagne, et une belle
pépinière. Il possède aussi une fontaine ,
dite *la Fontaine au Roi* , qui fournissait
de l'eau à Versailles pour l'usage du mo-
narque. Elle est extrêmement légère et
salubre.

Le jour de la fête , Villedavré offre
aux amateurs toutes sortes de jeux et de
rafraîchissemens. On prend pour s'y rendre les voitures de Sèvres ou celles de
Saint-Cloud. Elles sont stationnées à la
place Louis XV.

13

FÊTE DE BREVANNES.

Août.

Le bal de Brevannes, qui commence
à Pâques, jouit depuis long-temps d'une
grande réputation. Il a été célébré dans
un poëme assez volumineux, par un
jeune auteur des environs, auquel on
doit l'avantage de connaître toutes les
jolies personnes qui en font l'ornement.
Après la description poetique qu'il trace
du bois de Brevannes, des beautés qui
s'y réunissent, et des agrémens divers
que l'on y rencontre, je me garderai
bien de vouloir en donner une idée im-
parfaite avec le secours de la vile prose.
Je dirai seulement ce qui lui a échappé;
savoir, que Limeil-Brevannes, petit village qui donne son nom au bal, se trou-
vant pour ainsi dire placé au centre de
Villeneuve-Saint-Georges, de Grosbois,
de Boissy-Saint-Léger, de Sucy, de
Charenton, Creil, etc., etc., attire tous

les dimanches l'élite de la population de ces divers endroits ; que la société y est beaucoup mieux composée que dans la plupart des autres fêtes champêtres ; qu'on trouve sur les lieux mêmes un café bien approvisionné, et à Sucy, village peu éloigné, un aubergiste qui peut satisfaire les personnes les plus délicates.

La fête patronale a lieu le dimanche après l'Assomption ; mais elle n'attire point une affluence extraordinaire.

Les voitures qui conduisent à Brevannes, ou plutôt à Sucy, se trouvent à la porte Saint - Antoine et rue Geoffroy-l'Asnier.

FÊTE DE VERSAILLES.

Août.

QUOIQUE la fête patronale de Versailles soit fixée au 25 août, jour de la saint Louis, on peut dire qu'elle dure toute l'année. En effet, quel est l'étranger, et même le Parisien, qui ne s'empresse de visiter, été comme hiver, ce séjour magnifique ?

Tous les chefs-d'œuvre des arts y sont rassemblés. Ses bâtimens étonnent l'œil par leur étendue et leur majesté ; ses jardins, distribués avec un goût admirable, ornés de statues et de bronzes célèbres, l'enchantent par leur magnificence. Rien n'égale la beauté de ses eaux, répandues partout avec profusion. Si l'on pénètre dans les appartemens du palais, on est frappé de leur air de grandeur ; la peinture et la sculpture se sont réunies pour les rendre dignes d'être habités par nos rois ; aussi tout fait espérer aux citoyens de Versailles que, lorsque les réparations auxquelles on travaille seront terminées, Sa Majesté daignera y fixer sa résidence au moins pendant une partie de l'année.

Je ne parle ni de la chapelle, ni de la salle de spectacle, ni de la galerie de tableaux, presque tous de l'école française, parce que ces différens objets ont été décrits mille fois ; mais je dirai qu'ils méritent leur réputation, ainsi que l'orangerie, qui est la plus belle de l'Europe.

Les bosquets, enrichis de fabriques

élégantes et pittoresques, sont encore
une des curiosités de Versailles. Si l'on
y ajoute le palais enchanteur du petit
Trianon, le spectacle des grandes eaux,
qui se renouvelle plusieurs fois pendant
la belle saison, et celui du tapis vert,
foulé tous les dimanches par un grand
nombre de femmes jolies et élégantes,
on conviendra que Versailles mérite, plus
que tout autre endroit, d'attirer la foule
des curieux.

Les souvenirs attachés à ce majestueux
séjour n'en sont pas un des moindres
charmes. Lorsque je me représente, au
milieu de la galerie magnifique qui domine
sur les parterres, Louis XIV entouré
des grands hommes de son siècle, cau-
sant familièrement avec Racine et Boileau, ou s'entretenant des affaires de
l'état avec Turenne et Colbert ; lorsque
je parcours ces bosquets délicieux où
s'égaraient la tendre La Vallière et la
belle Montespan, la douce Fontange et
la sévère Maintenon, je me sens vive-
ment ému ; je fais des rapprochemens,
des comparaisons ; et, tout en jouissant
délicieusement des beautés qui m'envi-

13.

ronnent, je regrette de n'avoir pas été le contemporain de ces illustres personnages.

Ceux qui cherchent à Versailles des jouissances moins idéales, peuvent se satisfaire facilement. On y trouve plusieurs traiteurs excellens, un spectacle, des bals, etc.

Les moyens de s'y rendre sont faciles et peu dispendieux. A toute heure il part de la place Louis XV des voitures qui emploient à peu près deux heures et demie pour y aller, et une demi-heure de moins pour en revenir.

***

FÊTE DE SURÈNES.

Août.

La fête de ce village, situé dans une position agréable, sur la rive gauche de la Seine, et au pied du mont Valérien, est une de celles qui attirent le plus d'amateurs.

Elle doit son éclat au couronnement annuel d'une Rosière (le premier di-

manche après la saint Louis), et à la
pompe, moitié religieuse, moitié mondaine, qui accompagne cette cérémonie.
Le voisinage du mont Valérien, que l'on
se plaît à visiter pour jouir d'un coup-
d'œil magnifique, contribue encore à
augmenter l'affluence des curieux.

On trouve dans le village plusieurs traiteurs assez bien fournis de toutes sortes de
comestibles, et notamment de poisson ;
mais je ne conseille point aux gourmets
de trop compter sur eux pour savourer le
nectar de Bourgogne. La malheureuse
abondance des vignes de Surènes, trop
connues à Paris et aux environs pour
que je cherche à en augmenter la célébrité, leur fait éprouver une ten-
tation à laquelle ils ne savent pas ré-
sister ; c'est d'offrir aux habitués de la
fête, sous des noms différens, de prétendus vins d'élite, qui ne sont réelle-
ment que des *vins du crû*, plus ou
moins déguisés. Heureusement que cette
fête arrive à une époque de l'année où
la chaleur se fait fortement sentir, et
que ces vins, dont la qualité serait trop
rafraîchissante dans un autre temps, ne

produisent d'autre effet désagréable que
de faire grimacer un peu ceux qui sont
obligés d'en boire pour calmer leur soif.

Les voitures pour Surènes se trouvent
à la place Louis XV.

———

FÊTE DE CHOISY.

Août.

Il existait à Choisy, avant la révolution, un château royal qui passait pour
l'un des plus beaux des environs de Paris.
Louis XV, qui s'y plaisait beaucoup,
avait employé les talens des plus grands
maîtres en architecture, en peinture et
en sculpture pour en faire un séjour délicieux. De superbes jardins, décorés de
statues de marbre, des cabinets de verdure, des bassins magnifiques, et une
vaste terrasse qui s'étendait le long de la
Seine, y attiraient une foule de curieux
et d'étrangers. La faux révolutionnaire
a détruit les édifices et les jardins ; mais
plusieurs manufactures se sont élevées

sur leurs ruines. On remarque surtout celle de faïence fine, façon anglaise, qui trouve un grand débouché à Paris.

Malgré ses pertes, Choisy jouit encore d'une réputation méritée auprès des amateurs des plaisirs champêtres ; aussi la fête de ce village est très-fréquentée : elle commence le dimanche après la saint Louis, et dure pendant trois jours. Un grand nombre de personnes aisées, qui habitent ce joli endroit et ses environs, s'empressent de partager les amusemens qu'on y trouve réunis.

Outre les danses, les jeux et parades de toute espèce, il y a un prix au fusil d'une valeur assez considérable.

Choisy renferme plusieurs traiteurs renommés, principalement pour les matelotes.

Les voitures qui y conduisent se trouvent rue Saint-Victor ou à la porte Saint-Antoine, selon qu'on s'y rend par la rive gauche ou la rive droite de la Seine. On peut encore prendre des bateaux qui, le jour de la fête, partent du pont d'Austerlitz.

FÊTE DE SAINT-GERMAIN.

Septembre.

La fête de Saint-Germain, dite *la fête des Loges*, est une des plus célèbres des environs de Paris : elle attire un concours de monde prodigieux pendant trois jours consécutifs, à partir du premier dimanche de septembre. La forêt, dans laquelle elle a lieu, présente à cette époque le coup-d'œil le plus pittoresque. A côté d'équipages brillans, de femmes élégantes et de jeunes gens du bon ton, on voit de modestes carioles couvertes de toile, de robustes villageoises, et des artisans qui sont venus de Paris à pied avec toute leur famille. Les uns ont chargé la caisse de leur voiture d'excellens pâtés de Rouget, de volailles désossées et de flacons de Chambertin; les autres ont apporté dans un grand panier le bœuf à la mode, la salade toute assaisonnée, et sont obligés de se contenter

du vin du crû, qui ce jour-là passe pour
du Bourgogne. Tous mangent de bon
appétit, jouissent de la beauté du site,
de la pureté de l'air, et de cette pré-
cieuse liberté qu'on trouve si rarement
à la ville.

Ici s'élèvent des tentes élégantes sous
lesquelles l'on peut se mettre à l'abri de
la chaleur du jour et des regards des
curieux; là sont dressées de grandes tables en plein air, où les plats et les bou-
teilles ne font que paraître et disparaître.
Assis sur l'herbe, à l'ombre d'un gros
chêne, de bons bourgeois se livrent à
une gaieté bruyante, agacent les passans,
tandis qu'un peu à l'écart, quelques jeunes
couples, plus occupés d'eux que de ce qui
les entoure, font provision de forces pour
le bal qui va commencer. A un certain
signal, la musique se fait entendre; les
tables sont désertes, et de nombreux danseurs déploient leur vigueur et leur souplesse.

Le bal se prolonge bien avant dans la
soirée; et ce n'est qu'à regret que l'on
quitte un lieu où la nature a déployé ses
richesses, que l'art a embelli de ses chefs-

d'œuvre , et que la grandeur royale a orné de ses imposans souvenirs.

Outre la promenade de la forêt, Saint-Germain offre aux curieux la superbe terrasse du château , qui a douze cents toises de longueur sur quinze de largeur : de là l'on contemple avec ravissement un paysage immense , embelli par le cours tranquille de la Seine.

Dans la ville, on trouve plusieurs excellens traiteurs, parmi lesquels on cite celui qui a pour enseigne *le Prince de Galles.* A toute heure, il part des voitures pour Paris, *et vice versá.*

FÊTE DE SAINT-CLOUD.

Septembre.

ELLE a lieu pendant trois dimanches consécutifs, à partir du 7 septembre, jour de la fête patronale. La plus grande partie de la population de Paris et des environs s'y réunit pour jouir de la promenade délicieuse du parc, du beau point de vue de la terrasse du château, et surtout de l'aspect des eaux et des cascades, qui rivalisent avec celles de Versailles.

Les jardins, quoique très-irréguliers, tant par la disposition du terrain que par leur enceinte, ont été distribués avec tant d'art par le célèbre Le Notre, que tout y paraît d'un accord parfait. Les terrasses, les parterres, les boulingrins et les bosquets sont dignes du palais auquel ils servent d'ornement; mais rien n'égale la beauté et la fraîcheur du parc. Dans l'allée principale, parallèle au cours de la Seine, règne une rangée de boutiques remplies de bonbons, de joujoux et de marchandises de toute espèce. De distance en distance, on rencontre des escamoteurs, des fantoccinis, des danseurs de corde, et des animaux savans. D'un côté, l'on entend des virtuoses en plein air, qui s'accompagnent de la harpe ou du tambour de basque; un peu plus loin, l'on est réjoui par une danse champêtre, ou un spectacle ambulant. A la brune, des femmes élégantes, des jeunes gens du bon ton viennent se mêler à la foule des villageois, et forment un en-

14

semble aussi remarquable par la bigar-
rure de la toilette que par celle du langage. Assez souvent, un feu d'artifice,
exécuté aux frais de la commune, termine une soirée qui fait époque parmi
les plaisirs de l'été. Les riches citadins se
rendent à la fête dans des calèches élégantes, ou sur de légers coursiers qui
parcourent le trajet de Paris à Saint-
Cloud dans quelques minutes. Les personnes auxquelles le sort a refusé un
équipage, trouvent des moyens de transport faciles et peu dispendieux à la place
Louis XV. Il est encore une manière
fort agréable de faire le voyage de Saint-
Cloud, c'est de s'embarquer au Pont-
Royal sur le bâtiment marchand, vulgai-
rement appelé *la Galiote*; mais une telle
résolution exige tant de préparatifs et
d'embarras de la part des Parisiens, que
je leur conseillerai plutôt de suivre la
voie de terre, beaucoup plus prompte
et plus sûre.

Le palais de Saint-Cloud est une résidence royale; il doit cet avantage à son
air pur et à sa superbe situation. C'est
de là que sont datés tant de décrets fa-

meux d'un homme qui, à une certaine époque, avait refusé modestement de l'accepter comme une récompense nationale, et qui depuis s'empara sans scrupule de ceux des Tuileries, de Stupinis, de Laackeen, de Postdam, de Schœnbrunn, et eût probablement voulu réunir à ses domaines le palais impérial de Tonkin, s'il n'eût pas fait une chute épouvantable devant celui du Kremlin !

Je dois ajouter que Saint-Cloud possède plusieurs traiteurs renommés, parmi lesquels on se plaît à citer les sieurs Le Griel et Cornaille. Je louerais bien plus leur talent, comparable parfois à celui de nos artistes de la capitale, si la cherté de leurs mets n'en égalait au moins la bonté.

FÊTE DE BERCY.

Septembre.

BERCY est situé presqu'au confluent de la Seine et de la Marne, à une très-petite distance de Paris. La fête arrive le dimanche après la Nativité de la Vierge, et attire une grande affluence d'amateurs, tant de Paris que des environs. Ils y sont conduits principalement par le désir de disputer le prix au fusil, et celui d'une course à pied, qui a lieu deux jours de suite, le dimanche et le lundi.

Le prix au fusil consiste dans un gobelet à pied en argent, donné par M. de Nicolaï, propriétaire actuel du château de Bercy, et dans trois couverts aussi en argent, donnés par les habitans de la commune; ce qui fait en tout quatre lots, distribués aux quatre tireurs les plus adroits.

Le prix de la course à pied est une timbale d'argent.

Le programme, affiché quelques jours d'avance, indique quelles sont les formalités à remplir par les divers concurrens.

Le rassemblement de la fête se fait dans l'avenue des ci-devant Noyers, en face du château : on y trouve des rafraîchissemens et des jeux de toute espèce. Bercy étant l'entrepôt des vins et

eaux-de-vie qui se consomment à Paris,
on doit penser que les danseurs ne manquent point de moyens pour alimenter
et réparer leurs forces; aussi le bal est
très-animé, et se prolonge presque sans
discontinuer pendant deux ou trois jours.

Le château de Bercy, bâti sur les dessins de Mansard, mérite l'attention des
connaisseurs, ainsi que le parc, qui contient plus de trois cents arpens. Ses dé-
pendances consistent dans de charmans
jardins, de magnifiques avenues, et une
longue terrasse le long de la Seine, terminée par un pavillon, d'où l'on découvre la vue la plus agréable.

On peut se rendre à Bercy en fiacre,
ou avec des voitures que l'on trouve à
la porte Saint-Antoine. Sa proximité de
Paris permet aussi d'y aller à pied, sans
avoir à craindre une grande fatigue.

14.

FÊTE DE SAINT-DENIS.

Octobre.

QUOIQUE la fête de Saint-Denis arrive à la fin de la belle saison (le 9 octobre), elle n'en est pas moins fréquentée. Les amateurs de plaisirs champêtres, en voyant fuir les derniers beaux jours, cherchent à prolonger leurs jouissances; d'ailleurs, il se tient à Saint-Denis une foire considérable, et cette ville offre aux curieux plusieurs objets dignes de remarque. Au premier rang, il faut placer l'abbaye, l'un des plus beaux morceaux d'architecture gothique qui aient été conservés en France. Cette ancienne sépulture de nos rois a fourni à M. de Treneuil, sous le titre de *Tombeaux de Saint-Denis*, le sujet d'un des meilleurs poëmes élégiaques, écrits dans notre langue. La profanation de ces tombeaux a inspiré au poëte un grand nombre de vers re-

marquables et de belles pensées morales;
mais elle ne pouvait donner lieu à une
description pittoresque et animée des
beautés locales. Quelle différence, en effet, entre le petit caveau de Saint-Denis
et les tombes royales de Thèbes ou de
Memphis !

La maison royale de Saint-Denis, destinée à l'éducation des filles, nièces ou
cousines des membres de la Légion-d'Honneur, mérite aussi une mention particulière. Quoiqu'il ne soit permis qu'aux femmes d'y pénétrer, on sait que cet établissement, qui renferme dans ce moment
cinq cents jeunes demoiselles appartenant
aux premières familles de France, ne
laisse rien à désirer.

A l'époque de l'entrée des alliés à
Paris, la ville de Saint-Denis, fortifiée
à la hâte, fit une résistance opiniâtre ;
de façon que les Russes, qui ignoraient
le petit nombre de ses défenseurs, la ca-
nonnèrent de loin. Plusieurs boulets tom-
bèrent sur les toits de la maison royale
de Saint-Denis, et d'autres dans le jardin, où deux ou trois hommes furent
tués ; mais grâce à la prudence de la sur-

intendante, madame Dubouzet, il n'arriva aucun accident aux pensionnaires : dès le lendemain, l'empereur Alexandre s'empressa de leur envoyer une sauvegarde. ,

A une petite distance de la ville, l'île Saint-Denis, connue aussi sous le nom *d'île d'Amour*, attire l'attention des curieux. Elle est extrêmement pittoresque, et renommée pour les écrevisses que l'on pêche dans son voisinage.

Saint-Denis possède plusieurs bons traiteurs, des cafés, des billards, et autres établissemens consacrés aux plaisirs du public.

On s'y rend de Paris en moins d'une heure, en prenant des voitures à la porte Saint-Denis.

———

APRÈS avoir parlé des fêtes champêtres qui, par leur vogue, leur variété, et le nombreux concours d'amateurs qu'elles attirent, méritent une mention particulière, je vais en indiquer plusieurs autres, qui, sans jouir de la même célébrité, ne sont nullement à dédaigner. Presque tous les endroits où elles ont lieu sont remarquables par leur site pittoresque, le bon air qu'on y respire, les plaisirs qu'on y trouve, et la société qui s'y rassemble. Je suivrai, comme auparavant, l'ordre des dates.

***

FÊTE DE NEUILLY.

24 juin.

Elle a lieu le 24 juin, jour de la Saint-Jean-Baptiste. Quoique le bois de Boulogne, qui se trouve dans le voisinage de Neuilly, attire la majorité des promeneurs, cet endroit mérite d'être visité par les curieux. Il renferme un grand nombre de charmantes maisons de campagne, des parcs et des jardins justement renommés, et un pont magnifique.

Depuis peu, on a établi au-dessous et près de ce pont des bains chauds d'une grande commodité pour les habitans de cette commune et des lieux voisins, qui n'ont pas le temps d'aller à Paris.

Les jours de fêtes, on trouve dans le

village, ou à l'ancien *château de Madrid*, à l'entrée du bois de Boulogne, des traiteurs abondamment fournis de tout ce qu'on peut désirer.

Neuilly est célèbre pour avoir vu finir la guerre entre la France et les puissances coalisées. C'est là qu'ont été tirés les derniers coups de fusil, le 3o mars, à six heures et demie du soir. Un détachement de cinquante braves, composé de convalescens en garnison à Courbevoie, défendit alors le pont, faiblement barricadé, contre quinze cents Cosaques, soutenus par deux pièces de canon, et le conserva jusqu'au moment où l'armistice fut promulgué.

On trouve les voitures pour Neuilly à la place Louis XV.

FÊTE DE VILLENEUVE-LE-ROI.

29 *Juin.*

Ce village est dans une situation agréable, sur l'une des collines qui bordent la rive gauche de la Seine. Les eaux de source y sont abondantes. On y voyait autrefois un beau château qui a été démoli ; mais on a conservé le parc, qui contient environ quatre cents arpens. Il renferme un pavillon remarquable, tant par sa construction que par la vue dont on y jouit. Cette commune renferme en outre plusieurs jolies maisons de campagne.

La fête patronale tombe le 29 juin, jour de la Saint-Pierre. Elle attire beaucoup de monde de Paris et des lieux circonvoisins.

Les voitures pour Villeneuve-le-Roi sont rue Saint-Victor.

FÊTE DE CHARENTON-LE-PONT.

10 *Juillet.*

On la célèbre le second dimanche de juillet.

Elle consiste dans des jeux, des danses et une joute gratis sur la rivière.

D'un côté, sur la promenade aux Carrières, sont les jeux et les divertissemens de toute espèce ; de l'autre*, les boutiques des marchands : le milieu est réservé pour les promeneurs.

La joute a lieu au confluent de la Marne et de la Seine, qui offre un des plus beaux sites qu'on puisse voir.

C'est à M. de Cahouet, maire actuel de Charenton-le-Pont, que l'on doit l'établissement de cette fête, qui amène un grand concours de curieux.

Les voitures qui y conduisent se trouvent à la porte Saint-Antoine.

FÊTE DU PECQ.

24 Juillet.

CETTE commune s'élève sur une pente rapide qui borne la Seine à l'est et tout près de Saint-Germain. La fête patronale, connue sous le nom de fête de la Madelaine, a lieu du 2? au 25 juillet dans la vaste demi-lune qui forme l'entrée de la belle forêt de Vezinet. On y jouit d'une des plus agréables promenades des environs de Paris.

La pelouse où la société se rassemble, est entourée d'une double rangée d'arbres qui n'empêche point la vue de s'étendre sur la belle terrasse de Saint-Germain, sur le château et sur le paysage qui l'entoure.

La fête se prolonge pendant trois jours, et réunit des amusemens de toute espèce.

On prend, pour s'y rendre, des voitures à la place Louis XV.

FÊTE DU PLESSIS-PIQUET.

24 *Juillet.*

La fête de cet endroit arrive le même jour que la précédente, le dimanche après la fête de la Madelaine. Les amusemens y sont aussi à peu près les mêmes. Ils consistent en danses, jeux de bagues, loteries, etc.

Le château du Plessis-Piquet, appartenant autrefois au maréchal de Montes-

15

quiou, et aujourd'hui à M. Regnier, duc de Massa, est remarquable par une superbe terrasse dont les points de vue sont très-variés, et s'étendent sur la ville de Paris et les environs. Le parc et les jardins sont spacieux, et offrent une promenade très-agréable.

On trouve les voitures pour le Plessis-Piquet, rue d'Enfer.

FÊTE DE SAINT-MANDÉ.

15 *Août.*

La fête patronale de Saint-Mandé est célébrée le 15 août, jour de l'Assomption ; mais cet endroit, à raison de sa proximité de Paris, attire une grande affluence de promeneurs tous les dimanches et fêtes. Ses environs sont agréables, l'air qu'on y respire est pur, et on y voit beaucoup de jolies maisons de campagne. Sa population étant assez considérable, il y existait naguère un bal d'abonnés, en général très-bien composé. Les événemens de la guerre l'ont interrompu ; mais tout fait espérer qu'il reprendra son éclat le printemps prochain. Pour une somme très-modique , chaque abonné pouvait y conduire sa famille et quelques amis. C'est donc à regret qu'on a vu cesser cette réunion avantageuse , sous plus d'un rapport , à la commune.

On trouve à Saint - Mandé plusieurs bons traiteurs qui n'attendent qu'une occasion favorable pour déployer de nouveau leurs talens.

On peut y aller en fiacre ou en se promenant : cet endroit touche à la barrière.

FÊTE DE SOISY-SOUS-ÉTIOLLES.

15 août.

Ce village est agréablement situé sur le bord de la Seine, en face du beau château et du parc de Petit-Bourg. Il renferme un grand nombre de maisons de plaisance , très-bien habitées pendant la belle saison; de manière qu'outre le jour de la fête patronale, qui arrive le 15 août, il y a tous les dimanches un joli bal fréquenté par les personnes du lieu et des endroits environnans.

On trouve à Soisy des traiteurs, des pâtissiers, des limonadiers, etc.

Les voitures qui y conduisent sont rue Geoffroy-Lasnier, près la rue Saint-Antoine.

FÊTE DE JOUY.

16 août.

La fête communale de Jouy, qui arrive le 16 août, jour de Saint-Roch, se renvoie ordinairement au dimanche suivant. Elle ne se distingue point des autres fêtes champêtres, mais ceux qui s'y rendent ont un motif de curiosité qui se rencontre rarement ailleurs ; c'est la belle manufacture de toiles peintes de M. Oberkampft, l'une des plus considérables de la France.

Le village de Jouy est situé dans une vallée agréable et pittoresque, sur la petite rivière de Bièvres. On y voit un beau château bâti à la moderne, et plusieurs jolies maisons de campagne très-bien habitées; ce qui contribue à rendre la fête du lieu aussi brillante qu'animée.

Les voitures de Jouy sont les mêmes que celles de Versailles, à la place Louis XV.

———

FÊTE DU PORT MARLY.

Août.

AFIN d'éviter une concurrence dangereuse avec les communes environnantes, et notamment avec Versailles, les habitans de Marly ont pris le parti de changer le jour de leur fête patronale, qui arrive le 25 août : ils la fixent, suivant le temps, au dimanche qui précède ou à celui qui suit la Saint-Louis. Des affiches répandues avec profusion en instruisent le public.

Il existait à Marly, avant la révolution, un superbe château royal, qui attirait la visite des étrangers et des curieux : il a été entièrement démoli ; mais on y voit

15.

encore plusieurs jolies maisons de campagne ; et c'est dans l'enclos de l'une d'elles, qui appartient à M. Bezuchet, que les danses et les marchands s'établissent le jour de la fête du lieu.

On trouve des voitures à la place Louis XV.

FÊTE DE SAINT-OUEN.

Août.

La fête patronale arrive le 24 août ; mais elle est remise au dimanche suivant. Elle attire, comme toutes celles des environs de Paris, une grande affluence d'amateurs. La position de Saint-Ouen est très-agréable, et ce village renferme, outre le château, un grand nombre de jolies maisons de campagne, parmi lesquelles on distingue celle de M. Ternaux.

C'est à Saint-Ouen que notre bon roi, Louis-le-Désiré, a reçu les hommages et les félicitations de tous les corps constitués, avant son entrée dans Paris ; c'est de là qu'est datée sa célèbre déclaration du 2 mai, monument de son amour pour son peuple et de sa justice. Sous ce double rapport, le village de Saint-Ouen obtiendra une place distinguée dans l'histoire, et d'âge en âge, les Parisiens se plairont à visiter un lieu qui leur rappellera l'époque de leur délivrance et de leur bonheur.

On prend les voitures pour Saint-Ouen à la porte Saint-Denis.

FÊTE DE BESONS.

1er. septembre.

ELLE a lieu le jour de la Saint-Fiacre, lorsque cette fête tombe un dimanche ; dans le cas contraire, elle est remise au dimanche suivant.

On danse devant le château, sur une pelouse agréable, où se rassemble un grand nombre de marchands et de saltimbanques.

Autrefois on était obligé de passer le

bac à Besons; maintenant on y voit un beau pont qui, en facilitant les communications avec Paris et les environs, contribue à attirer dans cet endroit un plus grand nombre d'amateurs.

On prétend que Besons a donné naissance à Annette et Lubin, et que Marmontel, assistant à la fête du village, fut témoin d'une scène qui lui fournit l'idée de son conte.

Il se peut que l'on rencontre encore à Besons des beaux esprits et des conteurs d'historiettes agréables, mais je doute que l'on y trouve beaucoup d'ingénues comme Annette. Quant aux Lubins, ils ont presque tous été enlevés par la conscription, et l'on sait quelle est l'innocence de nos hussards et de nos dragons!

On trouve les voitures de Besons à la place Louis XV.

DATES

De plusieurs fêtes sur lesquelles on n'a pu encore obtenir des renseignemens.

VILLENEUVE-SAINT-GEORGES.

LE premier dimanche après la Saint-Georges. (*Avril.*)

IVRY.

Le premier dimanche du mois. (*Mai.*)

CHATILLON.

Le premier dimanche après saint Jacques et saint Philippe. (*Mai.*)

ANTONY.

Le second dimanche du mois. (*Mai.*)

VITRY-SUR-SEINE.

Le dimanche de la Pentecôte. (*Mai.*)

BRUNOY *ou* LES CAMALDULES.

Le lundi de la Pentecôte. (*Mai.*)

SAINT-MAUR.

Le premier dimanche après la saint Jean.
(*Juin.*)

MONTREUIL.

Le premier dimanche après la saint
Pierre. (*Juillet.*)

VERRIÈRES.

Le premier dimanche après la sainte
Anne. (*Juillet.*)

FONTENAY-SOUS-BOIS.

Le premier dimanche du mois. (*Août.*)

BAGNOLET.

Le premier dimanche du mois et suivant.
(*Septembre.*)

ARCUEIL.

Le premier dimanche après la saint Denis.
(*Octobre.*)

FIN.

TABLE
ALPHABÉTIQUE.

16

FIN DE LA TABLE.

www.ingramcontent.com/pod-product-compliance
Lightning Source LLC
Chambersburg PA
CBHW061450030726
47503CB00005B/1644